中国专业作家小说典藏文库

中国专业作家小说典藏文库
王鸿达卷

冷云

王鸿达 ◎ 著

LENGYUN

中国文史出版社

目 录

引　子

　　乌斯浑河打刁翎境内关门嘴山脚下流过，甩了个大大的弯向北流去，像谁画的一个大大的问号，然后流进下游不远的牡丹江里。两岸是峰峦起伏的柞木山岗，河水像奔腾的骏马，驮着两岸的山峰在奔跑。乌斯浑河满语意为凶猛暴烈的河。

　　一九六二年一个深秋的下午，一位两鬓斑白的老人长途跋涉步履蹒跚地来到这里。他伫立在乌斯浑河河畔，阳光把他的身影拉得很长，瑟瑟的秋风吹动着他有些凌乱的长发和落满了尘土的衣衫。不时有一两片柳树叶儿被风吹落到他头上，悄然滑下飞到河里，随着河水漂走了。他浑然不觉，痴痴地伫立在那儿。

　　现在这个季节，两岸的山都黄了，河面上倒映着黄黄的山影。这里实在是僻静，东西都是高高的山峦，那紫黄的柞树山峦像给这镜面一样的河流镶了一道金框。对岸的山峰下矗立着一座高高的白色纪念碑，那碑的倒影也映在这盛着山、盛着白云的河水里。

　　老人久久地注视着眼前的河流和山谷，一行浊泪从面颊上滑过，他轻轻地呢喃着："香芝，小妹，哥哥来看你了！"他缓缓地蹲下身子，用手抚摩着身下的土地，像抚摩着心爱的妹妹的头发一般。这油黑的泥土多像家乡黑黑的泥土啊！他抓了一把泥土攥在手里又痛苦地念叨起来："香芝，你没给咱老郑家丢脸，你走得光荣啊！只可惜你唯一的骨肉，哥没给你找到，哥对不起你啊！"老人说到这儿，痛苦地跪倒在地上……

这个老人叫郑殿臣，他嘴里念叨的小妹就是"八女投江"中的冷云烈士。距离一九三八年那个壮烈的瞬间——八个女战士为了掩护大部队，把日寇引向自己，最后身处绝境，在冷云的带领下手挽手奔向波涛滚滚的乌斯浑河，为国捐躯——已经过去整整二十四年了。今年春上，上面来人去家乡调查，郑殿臣才知道在家乡广为传颂的"八女投江"的故事，其中的指导员冷云就是让他和家人日思夜想的小妹郑香芝，当初女子师范学校的老师和同学才知道冷云就是那个秀气文静的女学生郑志民……

郑殿臣从上面来调查的人那里得知，小妹是当初上山参加抗联时改的名字。小妹离家出走的那个秋天，家里人只知道她是和人"私奔"了，谁知道这个活泼可爱有时还跟他调皮的小妹在读师范时就秘密参加了地下党。时隔这么多年，从来人嘴里听到小妹的消息，一家人百感交集。伤心难过惊喜之余，让一家人欣慰的是听说小妹参加抗联结婚后，还生下一个孩子，送给别人抚养。组织上也曾设法寻找过，但还没找到。听到这消息，五十八岁的郑殿臣从家出来了，要为妹妹找到这个孩子。

根据组织提供的仅有的一点儿线索——当初西征前是送给依兰土城子一带一个朝鲜族老大娘家收养的，郑殿臣开始了长达半年之久的寻找。他先是在依兰土城子一带一个屯子一个屯子地寻找，没有找到这户人家。有人说抗联西征走后，日本人把这个屯子的人都杀光了，还有人说日本人并屯把这个屯子并到别的地方去了。后来又听谁说这户朝鲜族人家隐名埋姓躲到延边朝鲜屯去住了，他又到延边去一个屯子一个屯子地寻找。

几个月找下来，他人黑了，瘦了，头发胡子老长。出来时带的干粮吃光了，粮票也用完了。又是刚刚度过的饥荒年景，他就一路挖野菜吃，渴了就趴在路过的河边或井口挑水人的水桶旁寻口水喝。

路上碰到的人看他这副样子，就问他从哪里来到哪里去。

他说是从佳木斯、从依兰那边过来的。

人家问他找什么。

他说他在找孩子。

村人又问他是孩子什么人。

他说他是孩子的大舅。

村人都知晓了那孩子的身世，就纷纷拿给他吃的东西，有刚蒸的馒头，有刚做的打糕，有刚从园子里摘下的苹果、鸭梨、大枣。东西多得他都吃不了，也拿不了，还有人捧着往他怀里送。

这么一晃儿大半年过去了，郑殿臣走累了，也找累了。看到南归的大雁从头顶上鸣叫着飞过，天凉了，地染白霜了，他就不想再这么找下去了，就怀抱着一提篮东西打听着往北走。他要在妹妹牺牲的祭日赶到她牺牲的那条河边去。

此时，他已将一提篮东西摆在了脚下的黑土地上，分成了八份，那馒头还是白面粉蒸的，那苹果、鸭梨也是水灵灵的，那六枣红红的很饱满。他还咬开了一瓶白酒，这是路上陌生人送给他的，他一直没舍得喝。他把酒洒在了黑泥土里，洒在了河水里。

他又一次跪在了地上，眼里噙着泪，大声说道："妹子啊，我知道这哪里是人敬我的，是人家敬你的，敬你们的啊！我给你们带来了，你们走的时候肚子里一定很饿，打鬼子不能让你们饿着肚子啊……你们吃吧，妹妹们！你们都是我的好妹妹，你们给咱中国人争脸了啊……"

清冽冽的河水在静静地听着郑老汉的诉说："……只可惜你们走时还都那么小，还都是像花骨朵一样的年龄啊……"

是啊，八个正是青春妙龄的女孩子，她们中最大的才二十三岁，最小的只有十三岁，要不是汉奸的出卖，她们是完全可以逃生的。她们是那么年轻，她们走了，把一条河留了下来……

第 一 章

1

晌午过后，天热死人啦，连街上跟在卖水毛驴车后面那条卷毛黄狗也"哈哧、哈哧"伸着长长的舌头，只有低着头喘气的份儿。那水车里的水是刚刚从县城西北门外的那口深井里打出的，拔凉拔凉的。走过佳木斯街上的桦川县立女子师范学校大门口，那闭着长眼睛的灰毛驴就很懂事地停下了脚步，它的主人小顺子还脸盖着一顶大草帽仰躺在车上打盹儿。

门口有两棵树身很粗、青褐色的阔叶杨，平时会投下一片很大的树荫来，此时那树叶都被晒卷了叶子。只有躲在树叶间的知了在没命地叫"知了，知了"，好像在说"热死了，热死了"。

不一会儿，从里面走出几个上身穿月白斜襟衫、下身穿着黑绸裙子的女学生来，她们手里拿着搪瓷缸子、脸盆走到水车前，一个一个接水，接着就仰脖往肚子里喝。"呀，凉快，好凉快！"喝完就抹了一下嘴巴，吸了一口凉气，那凉气也跟着吸进肚子里去了。

这工夫，小顺子醒了。"这鬼天气，热死人啦。"他在为自己开脱，好像他的贪睡是由于天气热的缘故。他跳下车来，把女学生手

5

里的脸盆一字排开，一边放水，一边同人家搭话："今年是袁大头的民国啥、啥年啦？"就有女学生回答他："民国二十年。"

"对，对，民国二十年，我奶奶早就说过的，这不是什么好年景，要出大事的。"女学生面面相觑，不解地看着他。

"你们谁见过咱这疙瘩这么热的天？"女学生想了想摇摇头，这个露着肩头的只穿一件马褂衫的后生还在说，"这就对了，这天气太反常啦，刚刚入伏啊，地里的庄稼都晒死啦，蚂蚱满地上飞。我奶奶说了，蝗虫一多就不是什么好年景，等着瞧吧。"

女学生们脸盆里的水都打满了，她们不想再听他说下去。她们怕水晒温了，得赶紧回宿舍冲凉，就丢下几个铜板给他，端着水从暴晒的门前地里走回学校去了。

毛驴车咣当咣当，晃荡着从街上走过去。

在县城内，那些家里没有劳力去镇子外那口深井担水的人家都买小顺子水车的水喝，又赶上这么个大热的天，小顺子的卖水生意就更好了。

刚刚热闹了一阵的校门口寂静了下来，连大青杨树上的知了也叫累了，停了下来。这个时候校园里可真叫静啊，滚烫的热浪直催得人昏昏欲睡，刚刚洗过的头发很快就干爽了。下午有一节徐子良老师的国文课，之后是董仙桥老师的每周周会课，她们可不想上课打盹，徐先生和董先生的课都是她们喜欢听的。

一〇二寝室挨着门廊，冲外面的窗户敞开着，一个剪着齐耳短发圆脸文静的女生靠在窗边，手捧着一本书静静地读。那是一本很厚的《全唐诗》。敞着的窗子并不见有一丝风吹进来，她白皙的面庞上渗出一层细汗，她不时用白丝手帕去擦一下。

她叫郑志民，是从距县城九十里外的悦来镇考上来的，今年春天入的学。她的各科成绩都很好，尤其喜欢国文。

第一遍预备铃声已打过了，校园里有了动静。郑志民合上书，与刚刚睡醒的同寝的比她大两岁的高明世和比她小一岁的范淑杰往外走。

"郑香芝，郑香芝——"刚刚走到校园里，就听到有人在叫她。郑志民一下子愣住了，在学校里从来没有人叫过她的乳名，不由得循声望去。

暴晒着的校门口立着一个人影，他一边站在那里擦着脖子上的汗，一边努力地向里张望着。他是她的小学同学，也是家里早给她定过亲的未婚夫孙汉琪。她犹豫了一下朝他走过去。

看到郑志民走过来，孙汉琪脖子上的汗越发流得欢了，他恨不能多生出一只手来擦汗。他这个样子就叫郑志民想起小学时他常常拖着长鼻涕的样子来，那时他总是不断用手背去抹鼻涕。男孩子们就给他起了个外号叫"孙鼻涕虫"。孙汉琪家是悦来镇上的大地主，不知是不是这个原因，她家里才和他家定的亲。

"你来干什么？"

"我、我到佳木斯街里来办点儿事，顺路来看看你。"孙汉琪说。

说着，孙汉琪把另一只手里拿着的包裹递过来，说："你娘让我给你捎来一个蚊帐，说天这么热，夜里会用得着的。"

郑志民接过蚊帐来，心里想，娘想得真周到。

"你走吧，我们要上课了。"看同学都往这边瞅，她身上有些不自在。

等打第二遍铃时，她就转身走了。

孙汉琪并没有马上离开校门口，他还一直站在那棵杨树后伸脖向里面张望着，看着郑香芝走进那群女学生中间去，看着她们说说笑笑走进教室去。孙汉琪心里有点儿后悔了，要是小学毕业报考了桦川中学，那样是不是可以常来看她？当然在悦来镇小学读书时他的成绩并不好，考也未见得考上。

2

下午一下课，高明世和范淑杰就把郑志民围住了。范淑杰调皮地笑着问："晌午那个来找你的人是谁？"

郑志民脸微微一红道："是乡下来的同乡。"

范淑杰眨眨眼睛说："恐怕不只是同乡吧，你说呢，高学究？"

她们三个人里，论学问就要数高明世了，她出身于书香世家，父亲在县教育署里做事，她的祖父也是前清的举人，平时在她俩面前说话常常文绉绉地咬文嚼字。这会儿她见郑志民微微锁着眉头，似乎有心事，便对范淑杰说："志民妹不愿说自有不愿说的道理，淑杰妹就不要多问了。"

范淑杰是外向活泼的女孩子，瓜子脸，尖下巴，两只丹凤眼扑闪扑闪转动着黑眼仁。她不死心，还想追问些什么。

这时，对面走过来一个戴着金丝眼镜、额前有些秃顶、穿着灰长衫的人。三人一见立刻停住了脚，一齐低头行礼："徐先生好。"

"嗯，嗯。"国文老师徐子良看她们三个人一眼，走过去了。

下午在他的课上，他借讲一篇《总理遗训》的文章，大讲了孙中山先生的"三民主义"，课上还向她们三个提问是如何理解民生和民权的。这位徐先生平时虽斯文严谨，不苟言笑，但他的课她们还是喜欢听的。

接着又走出来一位老师，是她们女子师范班的班主任董仙桥先生。董先生中等个头，三十六七岁的样子，国字脸，戴着一副黑框眼镜，一副和善面容。

他人未到声先来："三位同学，还没有去饭堂吃饭吗？"

三人一起回过头来行礼："董先生好。"

董先生站下了，打量了她们三人一眼说："你们三个有好久没到家里去了，小女还常念叨起你们。"

郑志民听了便说："董先生，我借您的《全唐诗》还没有读完，本打算读完再去府上看望师母和师妹。"

董仙桥说："不急，不急，放在你那里慢慢看。"又转过头来，"明日是周日，你们可有空？"三人便点头，"那好，明日就到家里一坐。"

三人别了董老师，在饭堂里吃过晚饭，闷热得一头虚汗，便走出校园去，沿着佳木斯街向北往江沿走去。这几个晚上她们都喜欢到江边去散步纳凉。白天的暑气并没有散去，街上拉车的车夫都光着上身、赤着脚在奔跑，那汗珠掉在街上石子路上"噗噗"地响。

西边的天空卷起了一片火烧云，火烧火燎的。等走到江边时，看到一江阔阔的江水也染得红彤彤的了。涌到江边来乘凉的人很多，许多人还下到江里面去。当然也有许多女士、小姐像她们一样打着伞悠闲地在江边散着步。

这条松花江下游就通到她老家悦来镇。看到这缓缓流动的江水，郑志民有点儿想家了。自从春天入学以来，一晃儿她有四个月没有回家了。上周哥哥还来信叫她抽空回去看看，如果功课忙没空回去，就叫她照一张照片给家里邮去，说娘很想她。

三个人正边说话边往前走，忽听熙熙攘攘的人群里传来一个男人的呼喊声，"香芝——香芝——"。郑志民猛地停下了脚步，回头望去——不远处的沙滩上，有一个学生模样的男青年在叫她，他穿着湿淋淋的短裤刚刚从水里上来，头发还在往下滴水。这张熟悉的面孔叫她一下子认出他来。"表哥！"她叫了一声，奔了过去。

"表妹，真的是你！我离老远在水里看着就像你，你也来啦，没

9

想到在这个地方碰到你，你还好吗？"表哥白长岭兴奋地说。

"我还好，我和两个同学到江边来散步……"

白长岭听了顺着她的目光，向那边站着的两个同学望去，并冲她们点了点头。

"天太热啦，我也是和班上几个同学来游游泳，凉快凉快。"他冲她做了个鬼脸。表哥在桦川县中学读书，他是去年考上的。

"小心别淹着哇，前两天我们还听说江里淹死个人。当心我告诉姑妈。"香芝说。

"放心吧，香芝，你还不知道我的水性？"白长岭顽皮地做了个蛙泳动作。

是呀，表哥自小在江边长大，那水性自然没的说，自己倒是多虑了。恍惚中，她觉得自己有好多话要跟他说，想问问他最近回没回悦来镇，她家里的情况怎么样，可一下子又不知从哪里说起好。

"郑志民——"是范淑杰和高明世在前边人群里喊她呢。

"她们在叫你吗？"白长岭问。

"是的……"

"你改名字了？"

"嗯，不好吗？"

"志民……立志为民，好名字。"

"好啦，你们玩吧，我得过去啦，她们在等着我呢。"郑志民说完转身走了。

"他是谁？"她刚走到她俩跟前，范淑杰就迫不及待地问。

"他是我姑表哥，在县中学上学。"

"恐怕不只是表哥吧，你看他还看着我们呢。"范淑杰做了个鬼脸说。

郑志民回头果然看见表哥还在朝她们这里望着，就向高明世求救道："明世姐，你看淑杰妹净胡说。"

这回高明世并没有阻止，而是摇头晃脑地吟出一句："关关雎鸠，在河之洲。窈窕淑女，君子好逑。"郑志民听了，脸颊在夜幕里悄悄红了。

"表妹，过两天我会去你们学校看你的！"白长岭在下面喊道。郑志民回头看去，那个身影已经一跃跳进了江里，一个猛子扎出去好远才露出头来。

"哎呀，真是好水性啊！"范淑杰惊呼道。

从江边回来，躺在支好的蚊帐里，郑志民翻来覆去睡不着，不仅仅是因为闷热，还因为她白天见到的这两个人——一个是未婚夫孙汉琪，一个是表哥白长岭。

记得在悦来镇读小学时，她常缠着表哥一起玩，表哥也喜欢带她玩。唯独这下水游泳，表哥从不带她到江边去。有一回她偷偷跟着去了，表哥上来发现了她，狠训了她一顿，叫她一动不动守在岸上看衣服。表哥是男孩子里水性最好的，她央求过表哥教她游泳，可表哥摇摇头说："你要是一个男孩子该多好啊！"一晃儿他们就长大了，见面时都有些拘谨了。

哦，还有孙汉琪，她的未婚夫。一想到这个人，她不禁懊恼起来。

小学三年级时，父亲和孙家定下了这门亲事。有一天放学后，白长岭跑到她家来问香芝娘，为什么把香芝许配给孙汉琪当媳妇。香芝娘叹了一口气对他说："岭儿，大人的事你们小孩子家不懂。"白长岭就跑出门去，在放学的路上截住了她，当面质问她："你要给孙汉琪当媳妇了，你知道吗？"香芝听了就哭了，说她不想给谁当媳妇，更不喜欢孙汉琪。白长岭就拉着她的手安慰她："对，咱们绝对不给'孙鼻涕虫'当媳妇，绝对不嫁到仗势欺人的孙家。"

想到这件事儿，郑志民的心里还隐隐作痛，她又想起了下午周会课上董仙桥先生说过的话。

董先生说到了北平的五四学生运动，说妇女的解放才是国民的真正解放。当先生问起班上还有谁在裹小脚时，下边有人"味味"地笑了起来，班上那几个乡下来的裹足的女学生就羞得低下头去。

她想到了自己，家里给她定下未婚夫的事儿，两个好朋友知道了会怎么说呢？要是在同学中传开大家一定会笑话她的。

窗外墙根下的蛐蛐声渐渐小了下去，郑志民头枕着乱糟糟的思绪还是无法睡去。从敞着的窗子外面能看到夜空中微弱的星光，嗡嗡叫着的蚊子还不肯停歇地蹿进来，嗡嗡……噢，恼人的北方夏夜啊！

8

周日清晨，吃过早饭，她们三人就去董仙桥家了。

董老师家在佳木斯镇西门外住，她们要走上一会儿街路。这会儿，太阳还没有升起来，还没感觉到热。街上行人也不多，摆早摊的正在收摊。

她们又看见那辆送水车晃荡着从西门走过来，还是那匹灰白色毛驴，还是跟着那条卷毛狗。只是车夫小顺子比昨天精神了许多。"卖水喽，卖水喽！又甜又拔嘴的老井水喽！"他歪戴着那顶破草帽，嘴里不断吆喝着。从她们身边走过去时，那条卷毛黄狗扭头看了她们一眼。她们三人都穿着一样的月白上衣，下身一样的黑裙子，打着遮阳伞。在那些摆摊的市民眼里，只有家境不错的女孩子才能读上县立女子师范。

她们三人里家境最好的要数范淑杰了，她家在太平镇上住。家

12

里除了乡下有几十垧地外，在镇上她父亲还开着一家货栈。范淑杰虽是大户人家的小姐，可是她并没有千金小姐的娇气，这也是一上师范她们三个就成为好朋友的原因。

出了城西门，不一会儿就到董老师的家了。董仙桥家在一条巷子很深的胡同里，两间青砖房，房顶是灰旧的泥瓦，四周用木板障子夹起一个小院。菜园子里种着西红柿、黄瓜、小青葱，靠窗前的院子里还搭起了葡萄架。此时一派郁郁葱葱的绿色遮蔽了这个安安静静的小院。

走进院里，一个正在菜园子里忙活的中年女人抬起头来："你们来啦。"

三人一起弯腰行礼："师母好！"

"我说一大早麻雀在房瓦上叽叽喳喳叫个不停呢，原来是三位大小姐来了呀。"

说话间，一个十四五岁的小姑娘蹦蹦跳跳跑到她们跟前，她就是董老师的女儿董若坤，正在读高小六年级。

"若坤，说话别没大没小的，要有礼貌。"说着话，董老师也从屋子里走出来了。

三人向董老师行礼："董先生好！"

"哦，你们来了，快进屋里坐吧。"

三人走进屋去，董老师把几人让到书房里，叫若坤搬来几只方木凳，一一坐下后，又吩咐师母去泡茶。然后他在藤椅上坐下来，若坤到外屋帮她妈妈忙活去了。

郑志民像往常来时一样，又站到书柜前面去一边翻看书柜里面的书，一边听董老师说话……董老师先问了问她们家里的情况，随后又叫她们谈了谈对时局的看法。高明世的父亲在县教育署里做事，比她们俩知道的消息要多些。她谈了自己的一些看法，百姓民不聊生，南京国民政府还在南方忙着"清剿""共匪"，她很为国家这个样子感到担忧。董仙桥不时赞许地点点头。

等她讲完，董仙桥点上一支烟，沉默了一会儿说："我今天找你们到家里来，就是想和你们说说眼下的局势，特别是咱东三省目前的局势。自从张作霖被日本人在皇姑屯炸死后，日本关东军一直想独占东三省，这也符合他们扩张大陆的政策。我刚刚接到北平同学李向之的来信，他说北平现在的时局很混乱也很微妙，少帅张学良住在北平，每天都有日本人、俄国人、德国人出入少帅府，明眼人谁都看出日本人的用心，甚至有日本浪人放出话来，要让少帅成为第二个张大帅。李向之提醒我说，中日之间早晚要有一场战争打，要我们早做这个心理准备，不要忘了朝鲜亡国的悲惨教训。"说着，董仙桥从抽屉里拿出那封信给她们三个人看。

董老师的一番话，让屋子里的气氛一下子变得沉闷了起来，那张平时在课堂上看惯的和蔼的面孔此时也变得严肃起来。她们这才知道董老师今天叫她们来家里做客的用意，这些话是不能在学校里讲的。郑志民停止了翻书，一动不动望着董老师的脸。

董老师缓和了一下语气又说："当然，不管时下局势多么动荡不安，作为学生，你们还是要沉下心来用心读书，珍惜眼前安宁的读书时光，多学点儿知识，将来一定用得上来报效国家的。"说完，他朝窗外望去，好像在沉思着什么。

窗外投进来的阳光让屋子里热了起来，这时若坤捧着一个西瓜进来了，是师母叫她去街上买的，刚刚用井水拔过。董老师亲自给大家切了西瓜，三个人拉着小若坤甜滋滋地吃了起来。

不知不觉到中午了，几个人要走，董老师和师母就留她们吃了饭再走，并说菜都从菜园子里摘好了，又刚出去割了鲜肉。几个人就不再推辞了。范淑杰和若坤帮着抱柴生火，郑志民帮着师母洗菜、淘米，高明世在屋里陪董老师说话。

饭做好了，因为屋里热，师母就把饭桌摆在了院子里的葡萄架下。董先生招呼大家坐下后，他又恢复了谈笑风生的雅兴，不时在饭桌上引出一句唐诗或一句成语来考大家。结果唐诗都叫郑志民对答去了，成语多是让高明世对答去了。看到饭桌上气氛这样好，郑志民心里想，如果没有董先生晌午前说的那些话，这该是多么快活的时光啊！

吃完饭后，她们就告辞了。临走前，郑志民又去董先生的书柜里翻了一本《韵府》借上。

走在城门里的大街上，天又热得叫人流汗，她们三人打起了遮阳伞。路过街上拐角的那家华芳照相馆时，郑志民跟她俩说："你们先回去吧，我去照张相给家里寄去。"范淑杰听了就做了个鬼脸，逗弄她："是不是给未婚夫寄啊？"她的脸腾的一下红了，不再理她，独自走进那家照相馆去。

照相的人不多，等她摆好姿势坐在灰白色的布景前，梳着光亮分头的老板说："你是女子师范学校的学生吧？"郑志民就点点头。那老板又说："这样坐着不好，你打起伞站着照好吗？"郑志民也觉得那样好，就听从他的了。

4

周四下午第三节课是一堂体育课，那个教体育课的男老师也怕热，只上了半节课就不知躲到哪里乘凉去了。这下学生们可以自由活动了，她们有跳绳的，有打网球的，还有站在那儿聊天的。知了在阔叶杨树上叫得欢，比刚才那男体育老师吹的哨子要响得多了。

郑志民和高明世正在那边打网球，忽听范淑杰跑过来喊："郑志民，郑香芝，那边有人找你。"郑志民就停下了球拍，看着这个顽皮鬼汗津津地跑过来。自从前些日子她见过表哥和孙汉琪后，范淑杰知道了她的乳名，就时常这样故意叫她。

"在哪儿？"

"在校门口呢。"

郑志民把球拍递给了范淑杰，朝校门口走去。一个穿黑色警察服的人正站在那里转悠呢，郑志民心里正觉奇怪，那警察却开口了："郑香芝，郑香芝，是我。"她猛地停住脚步，仔细一看，竟然是孙汉琪。

"是你，你怎么……"

"我考上警察啦，正在县警察署受训。"大盖帽下那张脸果然晒黑了。

"是你家里叫你考的？"

"是的，是我爹叫我进警察署。"

"这下好啦，以后你们孙家的财产有人保护啦。"郑志民冷冷地说。她上下瞧了瞧他，他打着白绷带的绑腿站得笔直，那汗珠却像虫子一样不断从他的大盖帽下和脖颈子里往外爬。

不断有人向门口望来，弄得郑志民有些不自在。

"你改名字啦？"

"是的，以后你再到学校里来，不要叫我香芝了。"

他又嘿嘿一笑，说："我还是觉得你叫郑香芝好，她们叫你郑志民，我还以为是哪个男生的名字呢。"

郑志民把目光投向别处，不想去和他讨论名字的事。这么热的天穿这身黑衣服在身上真是很遭罪的事儿，那根皮带还紧紧束在腰间。

"好啦，天太热了，你走吧。"

孙汉琪瞅瞅她就挺着泅湿的后背走开了。郑志民也离开了门口。

到吃晚饭时，在饭堂里范淑杰悄悄跟她说："那个人是你的未婚夫吗？"郑志民气不打一处来，问道："是孙汉琪和你说的？"范淑杰一吐舌头跑开了。

吃过饭，她们又往松花江边散步去。这两天晚上她们天天去，可再也没碰到白长岭，不知道他在学校里忙什么。

晚上躺在床上，郑志民又睡不着了，她还在想孙汉琪怎么当上警察了，小时候这个"鼻涕虫"见到一条马蛇子都吓得躲得远远的，但愿他披上那身老虎皮不要做祸害百姓的事。

蛐蛐在窗外的草丛里叫得正响，隔壁的蚊帐里传出喃喃的说话声，是范淑杰在说梦话了……她渐渐困了，不想去听她说什么了。

周日上午，她们几个没回家的女生正在操场上打网球，一只球飞落到场外，被来人拾起。郑志民一抬头惊喜地叫道："表哥，你怎么来啦？"

白长岭笑笑："我今天休息，过来看看你。"

郑志民就把两个同伴介绍给表哥："这位是高明世，我们女师的老学究。"

白长岭冲她拱拱手，笑着说："我早听说女师有一位学富五车的才女，没想到还是一位网球高手。"高明世就不好意思地扶扶眼镜框。郑志民又给介绍范淑杰："这位是范小姐，名淑杰。"白长岭向她伸出手来，范淑杰笑嘻嘻地嚷道："我已经认识你啦，浪里白条。"白长岭一愣，才想起来那天晚上他们在江边是见过面的，不禁哈哈笑了起来。

现在，两人走在校园边的树荫底下，说起话来。

"我上周日回悦来镇家里一趟，也顺便去你家看了看你娘。"

"我娘她怎么样？她身体还好吗？"

17

"你娘她身体还好，就是有点儿想你，叫我捎话来，叫你什么时候有空回去看看他们。"

郑志民听了点点头，说："我们学校这一阵课程挺紧，有两门课程要考试，等考完试，我会回去看他们的。"随后又问道，"我爹和我哥他们还好吗？"

白长岭说："你爹他每天还出去卖菜，你哥给人站栏柜也挺忙的，很少回家。对啦，你哥还叫我捎块银圆给你，说你一个人在外别太省了自己。"说着白长岭从兜里掏出一块银圆来。

郑志民眼睛有些润热，郑家的所有生活重担几乎都落在哥哥一个人的身上，而自己在县上读师范不仅不能帮衬家里，还要给哥哥增加额外负担，这让她心里很不安。

她把这块被日头烤得有点儿烫手的银圆接在手里，眼圈里一颗泪珠差点儿没掉到地面上，她赶紧回过头去装作往球场那边看球。

"你在学校里要是有什么困难就跟我说。"白长岭定定地看着她说。

"嗯。"她点点头。

"表妹，你在学校里听到一些时局的消息吗？"隔了一会儿，白长岭这样问她。

她就把那天在董仙桥家里听到的一些事情跟表哥讲了。白长岭听后沉思了一会儿，说："我在我们学校里也听到一些，我们学校有一位从北平过来的教英文的教员，他也说眼下时局动荡不安，日本人早晚要在咱东北开战的，到那时不知会怎样，恐怕学是无法上了。"

郑志民听了，下意识地拉起表哥的手，紧张地问："真的会这样吗？"

看她紧张的样子，白长岭又安慰她："表妹，先不要怕，眼下我们还得抓紧时间用功读书，真要是打起来，中国这么大，小日本是不可能一下子叫我们亡国的。"

"我们老师也是这样说的。"郑志民说。

"表妹，在这乱世之秋，国难当头，如果真有一天战争爆发了，你会不会为我们的国家投笔从戎呢？"白长岭望着她说。

"表哥，我一定会这样做的，绝不当亡国奴。"

"对，我们绝不当亡国奴。"

"我听说孙汉琪当上警察啦？"白长岭转了话题，突然说到了孙汉琪。

"嗯，他前天来学校找过我……"郑志民不愿说到他。

"世道不平出警匪，不知道这个'鼻涕虫'将来会成为一个什么样的警察呢。"白长岭叹息着说。

5

天气发疯地热到这一年的夏末，入秋后还没有停歇下来的意思。那毒毒的日头每日像长在了天空中，庄稼地旱咧了嘴，松花江里的水消去了一大半。蝗虫真像街上卖水的小顺子说的那样泛滥开来，县城里大街小巷的路面上都能看到密密麻麻蹦跳的蝗虫。

这一切都应了小顺子的话，恐怕要出大事了。这百年不遇的大旱和暴热，旱得桦川县城里的百姓人人脸都蜡黄蜡黄的。县城里很多人都患上了痢疾，害得女子师范学校和桦川中学的校长每天都要检查好几遍学生饭堂里的饭菜。

一直到这一年中秋前后，老天终于阴下脸来，下过几场雨之后，天总算凉爽了下来。可是人们的心情并没有凉爽下来，人们心头还笼罩着一片乌云。

连日来，佳木斯街头巷尾到处窃窃私语，疯传着从外面听来的消息，一时间弄得人心惶惶的。

这天晚上，在佳木斯东街一条巷子里，桦川中学教员唐瑶圃的家被十几名学生挤得满满的。屋外的夜幕里下着霏霏细雨，房檐下"滴答滴答"的雨声滴得人心焦。

昏暗的灯影里，被学生围在中间的唐瑶圃眉头紧锁地低着头，一支接一支地吸着烟。浓浓的烟雾让屋里的气氛更加沉重，大家你看看我，我看看你，又把目光落到唐老师的身上。

"唐老师，你今晚叫我们来，是不是有事情要跟我们说？"人影里性急的白长岭终于忍不住发问了。

唐瑶圃的身影动了动，看了大家一眼，又低下头去，并没有说话。

学生中又站出一个瘦高的人影来，他叫马成林，是初级二年一班的班长，他脸颊带有一丝潮红，语气急促地说："唐老师，佳木斯远离奉天（沈阳），消息闭塞，人们传来的消息说，中国要出大事，民族要遭殃了。您在北平朋友多，他们一定知道事情的真相，您快给我们讲讲吧！"

的确，唐老师是在北平读过书的，可是他的真实身份同学们并不知道。早在北平高等师范读书时，他就加盟了吉林同乡会，参加了各种进步活动，后来经人介绍加入了中国共产党。这次回到桦川中学来，正是以教员身份为掩护，来发展地下党组织的。经过考察他已在师生中发现了三个好苗子，一个是青年教师张耕野，另两个就是刚才向他问话的学生马成林和白长岭。

就在他按部就班地想要在他们中间发展地下党员时，没想到昨天他接到了北平同学李向之的来信，告诉了他一个十分惊人的消息：日本在奉天起事了！这让他始料不及，不过他清醒地意识到，在此危急时刻，他有责任发动学生参加到这场抗日救亡的行动中来，只是他还没想好该怎么跟同学们去说。他知道这个消息就如一颗炸弹，一说出来是随时可能在这些年轻人中间爆炸的。

"瑶圃兄，你就给大家说说吧。"门帘一掀，从对面屋门里走进一个人来，这个人不是别人，正是青年教员张耕野，他手里还沾着黑乎乎的油墨。

不知是天缘还是人缘，唐瑶圃到桦川来，就和早一年来的张耕野借住在同一间房子里。两人住对面屋，共用一个厨房。他们曾经是同学，如今又做了同事，更是惺惺相惜。时间久了，唐瑶圃发现张耕野为人坦诚、豪爽，有进取心，也有强烈的爱国思想，更是无比兴奋，如同找到亲人一样，想慢慢把他发展成组织上的人。昨天一接到李向之的来信，唐瑶圃就把信给他看了，并把要在学校组织学生游行的想法也同他说了。张耕野积极赞同。刚才他正是按照唐老师的吩咐在他的屋子里油印传单准备发给大家呢。

唐瑶圃见张耕野走出来，就下了决心，撚灭了烟头，抬起头来说："同学们，咱中国的确发生了一件大事，我刚刚接到北平一个同学的来信，现在给大家读读吧。"说着从炕席底下抽出一封信来。

唐兄：

　　告诉你一个十分不幸的消息！

　　民国二十年九月十八日子夜，蓄谋已久的日本关东军在奉天发动了侵略中国的战争，他们利用贼喊捉贼的伎俩，找借口攻打了我东北军北大营的驻地，拂晓就占领了奉天城。侵略者并不以此为满足，而是疯狂向北进攻，一路烧杀掳夺，无恶不作，很快占领了辽宁省全境和吉林大部分地区……

偌大个中国怎能让日本侵略者横行无忌呢？这都是民国政府助纣为虐的恶果。他们采取的是一条绥靖投降政策，把数十万东北军调入关内，把东北三省大好河山拱手让给了日本关东军，这种奇耻大辱，孰不可忍！

唐兄，事情虽然可气，但不要气馁，再告诉你一个鼓舞人心的消息。事变之后，中国共产党满洲省委马上发表了宣言，揭露了日本帝国主义妄图把中国变为殖民地的野心，号召全国各族人民开展各种形式的反对日本帝国主义侵略的斗争，特别是号召东北爱国志士、士兵和民众，立即起来，自发地捍卫我们的家园，保卫祖国的每一寸土地，决不当亡国奴……

唐瑶圃刚一读完信，同学们先是震惊得发呆，接着小屋子里像炸了锅似的沸腾起来。大家悲愤地怒吼道："日本军国主义太猖狂啦！""坚决抗议日本帝国主义的侵略！""为死难的同胞报仇！""老师，我们坚决要求声讨日本关东军的侵略行径！"

"同学们，安静——"唐瑶圃望着一张张激动得发红的面孔，做了个下压的手势，"同学们，今天找你们来就是要和你们说上街游行的事。我已和张老师商量过了，我们桦川中学要联合桦川女子师范举行一场全城声势浩大的抗日示威游行，你们都是各年级的学生骨干，回去后要把同学们发动起来……传单已叫张老师印好了，你们带回去发给同学们。好，现在你们就回去发动同学们吧。"

听了唐老师的话，大家纷纷拿上传单，顶着细雨走出了唐老师的家。

送走了学生，唐瑶圃又叮嘱了张耕野几句，叫他连夜把传单再多印一些。之后，他就打起一把破油布雨伞走了出去。他要连夜赶到西门外董仙桥老师家，去商量两校联合游行的事，他想董仙桥和他一样，也收到他们的北平同学李向之的来信。他和董仙桥也是在北平同乡会认识的，因不发生横向关系，原来并不知道各自的党员身份，最近因为斗争的需要上级才给他们接上了头。董仙桥年长于他，做事又十分稳重，想到有这样老大哥一样的同乡做"同志"，他心里对这次游行有了几成把握。

夜雨沙沙，淋湿了他的头发，也打湿了他此时十分焦虑的心。

6

早上，郑志民刚要往教室去，就看到白长岭站在门口冲她招手。她看到白长岭一脸的沉重，不由得心里一沉："难道家里出了什么事？"

等她走到跟前，白长岭把手上的一沓传单交给她："告诉你一个不好的消息，日本人在奉天向我们东北军开战啦！"

"啊——"她打了一个哆嗦，险些把手里的传单掉到地上。"哪来的消息？"她急忙去看手上的传单——"九月十八日日本关东军攻占北大营"几个大字赫然映入她的眼帘。

"是我们老师的同学从北平传来的消息。"白长岭神色凝重地说，停了一下他又说，"我们桦川中学正在发动同学准备上街示威游行，还要联合你们学校的同学一起参加，你把这些传单发给同学看看吧。"

郑志民点点头。

"我还有事儿就先走了。"说完，白长岭就匆匆掉头走了。

郑志民回到教室里，就见黑板上写上了一行粗体粉笔字：九一八，中国的国难日！董仙桥身穿一身黑色中山装站在讲台上，等同学们都到齐了，他缓缓地抬起目光望着大家沉痛地说："同学们，告诉你们一个不幸的消息，九月十八日夜里，日本关东军炮轰了我奉天北大营……奉天、长春先后沦陷了，现在我提议同学们为死难的同胞默哀三分钟。"大家站起来，垂手低下了头。教室里鸦雀无声，只能听得见心跳声和低低的哭泣声。

到了下午，学校里有学生胸前佩戴起了小白花。郑志民把早上白长岭拿过来的传单发给高明世、范淑杰等几个同学看了。她们看了都说："太好啦！我们也要像桦川中学那样把同学们发动起来，参加这次示威游行。"她们马上去找董先生，董先生叫她们分别去发动同学，并叫高明世跟着徐先生以油印试卷的名义去油印室油印一些传单。

到放学时，游行的消息已经在校园里传开了，大家都激情高涨。郑志民她们也忙得没停下来，晚饭后三人还拿出钱去商店里买来了彩纸，由毛笔字写得好的高明世、徐子良写张贴在街头的标语，郑志民带着几个女同学制作学生上街游行用的三角小旗。

晚上放学后，董仙桥没顾上回家，又脚步匆匆地去了佳木斯东街上的唐瑶圃家里。两人把两校学生发动情况又互通了一下，接着商量了下一步游行示威的方案，决定游行时间就定在后天——十月十八日。考虑到不要过早暴露两人的身份，董仙桥建议两校总联络工作由张耕野负责。说着话，唐瑶圃轻敲了一下对门，张耕野就过来了，唐瑶圃把他介绍给董仙桥。董仙桥一看此人面孔方正，人也豪爽朴实，便放心了。

一连两天，佳木斯街两旁商店里的彩纸销售一空了，并有消息从距县城一百多公里远的依兰古城传来，驻守在依兰的东北军第二十四旅旅长李杜将军誓死要与日寇抵抗到底。这个消息让准备上街游行的学生备受鼓舞，也扫去了几分连日来市民脸上的乌云……女子师范学校小礼堂里，喜欢文艺的学生们正在排演小话剧、合唱，这是郑志民她们在为上街游行做演出准备。

一切准备就绪了。为了取得校方的支持，唐瑶圃让白长岭、马成林代表学生向桦川中学校长做了报告。校长卢国士，一个年过半百的"老夫子"，被学生的爱国热情所打动，他捋了一下胡须，颇有风度地说："天下兴亡，匹夫有责。学生的爱国举动，可敬可嘉，谨祝成功！"

行动的前一天晚上，大家又聚集在唐瑶圃的家里。董仙桥宣布了第二天游行的组织成员：唐瑶圃任总指挥，董仙桥、张耕野任副总指挥，下设宣传组、文艺组、保卫组、募捐组。宣传组长由白长岭担任，文艺组长由郑志民担任，保卫组长由马成林担任，募捐组长由高明世担任。这个募捐组可不简单，是准备在游行过程中号召市民为李杜部的抗日勇士募集善款的。

董仙桥宣布完，张耕野就站起来把游行集合的时间、地点、出发路线向大家说了，又再三叮嘱各路负责人，回去告诉大家这是桦川县有史以来举行的第一次游行示威，只能做好，不能弄糟。之后，唐瑶圃就叫大家回去准备了。

送走了学生，董仙桥从这个油灯摇曳的小屋走出来时，已是子夜时分了，望着深邃的夜空，他此时思绪万千，突然停下脚步回身对送出来的唐瑶圃说："唐兄，你知道我在想什么吗？我在想我们在北平吉林同乡会时参加进步学生游行集会时也是这样的情景……"

"仙桥兄，你和我想到一块儿去了。"此时唐瑶圃也正抬头愣怔地望着遥远的星空，夜空中有几颗星微闪着神秘的眼睛。

"他们这些年轻人和我们那时是多么相像啊！"董仙桥沉吟了一下说。

"但愿明天的行动会在他们的心里埋下革命的种子，将来为我们这个多灾多难的民族有所作为。"

"一定会的。"两人坚定的目光碰到了一起。

7

一九三一年十月十八日，清晨，桦川县城佳木斯大街上，几日的阴霾细雨后，天气很晴朗，凉风吹散了早起人们的睡意。

送水车从街上"咣当、咣当"地走过，小顺子手里不知什么时候多了一面小红旗。"卖水啦——卖水啦——"他吆喝着从女子师范门口走过，可此刻校园门口显得异常寂静。

不一会儿，从女子师范学校门里排队走出一长队女学生来，这支学生队伍出了校门，向桦川中学方向走去。小顺子和他的毛驴车让在马路边上，那只卷毛狗跟着队伍走了几步，又回到小顺子的腿边。

八点整，桦川中学操场上各班的学生已集合完毕，女子师范学校的学生队伍在董仙桥、徐子良两位老师的带领下，也走进了校园里与他们的列队会合。五分钟后全体整装完毕，列队静候指挥部下达出发命令。

张耕野登上了操场正中的高台，以简短的话语，向全体同学讲明了这次游行示威的意义，并依次向全体同学说明了游行跟进的路线。

学生游行的队伍像一条长龙，涌出了校门外。白长岭带领的前导队走在队伍的最前面，打着"桦川中学、桦川女子师范学生游行示威队伍"的标语。后边的游行队伍里举着"打倒日本帝国主义""还我河山""抗议日本关东军侵占东三省""支援抗日义勇军忠义报国"等大字横幅标语。女子师范学生排列在桦川中学师生队伍后，参加游行队伍的学生都手执小旗，旗子迎风哗啦哗啦飘响。以班为单位，每班都有领队喊口号的。游行队伍后面是文艺队，化装成日本鬼子的学生被几个人牵着。走在队伍最后面的是董仙桥、徐子良和高明世的募捐队。

各个路口上都有警察站在那里，监视着游行队伍。沿途过往的行人都停下来驻足观看。有的市民还加入学生游行队伍里，跟着同学一起高喊"打倒日本帝国主义""还我东三省"的口号。

不一会儿，游行队伍就来到了县署办公楼前，这里的警察如临大敌站成了两排，挡在门口。学生队伍停下来，白长岭在前头带人喊口号，马成林则站在一个高坡处向围观的群众演讲。前来围观的市民越来越多，把县署门前围得水泄不通，一个警察署长模样的人指挥警察往外驱赶人群。"爱国无罪！""国难当头，人人有责！"白长岭、马成林在人群里带头高呼着口号，并与警察推搡了起来。

郑志民就是在这个时候看见孙汉琪的。他站在离人群不远的一个路口上，手里提着一个警棒。他也看见了游行队伍里的她，目光相碰的一瞬间，他们都惊愕了。他没想到她也来了。很快他们被涌动的人群隔开了，目光中断的一瞬间，郑志民心里有一种说不清的滋味。

快晌午时，游行队伍离开了县署大门前，按计划往别的闹市区走去。沿途街上包子铺、火烧铺的老板，叫人给学生送来了包子和火烧，可是他们谁也顾不上吃。

那辆卖水的毛驴车也一直在跟着他们，见学生们休息了，小顺子赶紧舀了一碗水，端过来递给了马成林，说："你刚才讲了那么多的话，一定渴了吧。"

马成林接过水来，一饮而尽，然后从兜里摸出个铜板递了过去。

小顺子把脑袋摇得像拨浪鼓，说："嗨，你这不是瞧不起人吗？

抗日的事儿，我也有份儿呢！"说完，他又忙着端水去给别的同学喝。

队伍中的口号声叫得更响亮了，好像喝了小顺子的水，大家都变得更加有激情了。

晌午过后，学生队伍分成了几伙，开始在街头十字路口进行演讲和演出。郑志民她们演出的就是前两天排练好的"活报剧"——《死也不当亡国奴》。这是她自编自导的，剧情是：一个日本侵略者在中国奉天开吗啡馆，逼着中国人去吸，谁反抗他就指使警察殴打。中国人拼死拼活挣来的钱都送进了吗啡馆。最后，中国人被骗光了钱，衣衫褴褛，骨瘦如柴，悲惨地死去。当演到这里时，围观的群众愤怒无比，情不自禁地高喊起"打倒日本帝国主义""日本侵略者从中国滚出去"的口号来。

配合街头上的演出，高明世带着募捐组的同学胸前挂着募捐箱，在围观的人群里走动："同胞们，国难当头，我们每一个中国人都应该行动起来，有钱的出钱，有力的出力！为前方誓死保卫我们的抗日勇士出一份力！"

围观的商人、市民纷纷往募捐箱里放银圆、银币和钞票。

人群中的小顺子这时也凑了过来，他一把拉住了高明世的捐款箱。没等高明世明白怎么回事时，小顺子已经把他衣服兜里所有的铜板、角票都翻了出来，倒进了捐款箱。

游行演出、演讲活动一直持续到天黑才结束。人群散了后，桦川县城佳木斯大街小巷的路面上落满了花花绿绿的传单、三角小旗，被夜里和清早的风一吹，哗啦哗啦地在地上响着……

8

一九三二年的旧历新年，桦川县城的百姓是在惴惴不安中度过的。年三十的晚上听不到谁家的鞭炮声，家家户户的门前也没有贴对子、挂钱儿。街面上的商家、店铺也是冷冷清清的，很早就收拾店铺关门了。整座县城一派死气沉沉。老辈人讲活了这么大岁数，还从来没过过这么冷清、这么让人提心吊胆的年。

一挨挨到春天，松花江这年也开江开得晚，冬天奇冷，江面冻得死硬。直到四月初的一天夜里，江面才"咔巴、咔巴"地炸开了裂纹，才开始"轰轰隆隆"往下跑冰排。先是大块的冰排很文静地往下跑，接着上游来的冰排像被鬼撵着似的，争先恐后地往下游冲撞。冰排叠压着冰排，发出轰隆隆的响声，像千军万马发出的吼声，离岸老远都听得到。

冰排跑了三天三夜，就有无数条白花花还带着冰碴的鱼被撞死到岸边来。往年这个时候，县城里总有大人、小孩跑到江边来捡开江的鱼，可是今年没有人来岸边捡开江的鱼了，那死去的鱼就翻着白眼挺孤独地躺在冰冷的岸上，直到被渐暖的风吹干了身子。

也是，人都不知道死活呢，谁还有心思跑到江边来捡鱼回去填饱自己的肚子？

冰排跑完了的一天早上，日本人的船队就轰隆隆地从哈尔滨沿着松花江开进了佳木斯。有早起的人听到了轰隆声，还在纳闷怎么冰排还没跑完呢。有好事的人跑到江沿上去看，远远地看到船艇上吊着的膏药旗，就撒丫子跑回来了，一路跑还一路喊："日本人来啦！日本人来啦！"街面上的人家听到了，都紧闭了门板，捂住孩子哭闹的嘴，大声不敢出，临街的商铺还把刚刚放下去的窗挡板又挡了起来。

接着，街上的石头路面上，就响起了日本兵大头鞋踏出的整齐的"咔、咔"响声，日本兵进城了。大人、孩子偷偷躲在自家门后向外边张望着。日本人先去了桦川中学，桦川中学和几所小学的校舍都变成了兵营。那个翻译官对中学校长和小学校长说，把学生遣散回家，何时恢复上课，听候皇军的命令。

翻译官又带着日本人敲开了沿街的米店和粮栈，叫店主老板给皇军供应米、面。街上的米店、粮栈就陆续地打开了门脸、窗板。

日本人安扎下来，还要喝水，就叫翻译官去找小顺子给日本人拉水。小顺子瞅了瞅这个耀武扬威的翻译官，说："我不干。"翻译官说："皇军会给你糖果吃，钞票也有。"小顺子斜楞了他一眼说："我不给日本人当狗使。"翻译官就恼怒了，上去了小顺子一巴掌，小顺子嘴角就被打出了血。卷毛狗冲翻译官汪汪叫了两声，他后退了两步，挥挥手叫跟来的两个日本兵把小顺子和毛驴车带走了。

这天下午，小顺子由两个日本兵押着到城门外那口大井去拉水。小顺子把毛驴车赶得慢腾腾的，一车水拉到兵营里，日本兵就等不及争抢了起来，有两个日本兵为抢一盆水还动手打了起来。他俩叽里哇啦说的日本话，小顺子也听不懂。

第三天早上出事了。两个昨夜里喝了剩下小半桶水的日本兵死在了床上。偷跑出城的小顺子被日本兵抓到了，他被绑到学校操场上，那条卷毛狗还跟在他的脚边。

日本人还让维持会长找了一些百姓和学生站在那里观看。四周都是日本兵。日本大佐也来了，日本大佐围着小顺子走了三圈，左看看右看看。"是你的，投的毒？"

小顺子笑了笑说："是爷爷我投的毒。"

"你的，为什么的要这么地干？"大佐端详着他的面孔。

"我就是想毒死你们这些龟孙子。"

"你的，良心的大大地坏啦，死啦死啦的有。"接着他叫一个日本兵，一瓢一瓢给小顺子灌水桶里的水。

小顺子嘴里骂着："天杀的小鬼子——"半桶水下去后，小顺子渐渐骂不出声来了，他的肚子渐渐地大了，头耷拉下来。

30

围观的人群有点儿骚动。那个大佐支着地上的指挥刀，叫翻译官过来说了几句，然后翻译官走到人群前面，说："谁与皇军作对，这就是下场！"

大佐又走到小顺子面前，抬起他的头来，小顺子眼睛已红红地渗出了血珠。"你的，说，谁叫你这么干的？"

小顺子嘴一张刚骂了半句，一股血水就从嘴里喷射了出来，喷了大佐一脸。大佐挥刀要砍，一直一声不响的卷毛狗从小顺子身后猛然跳起来，咬住了大佐的手腕。

"哟呀！"大佐的刀当啷掉在了地上。

"砰！""砰！"身旁的少佐见了，朝狗和小顺子开了两枪。人群又是一阵骚动，一排日本兵端枪上来把愤怒的人群挡住了。那个被咬伤了手的大佐被日本卫生兵扶到兵营里包扎去了。

人群散了以后，日本人把小顺子和那条卷毛狗的尸体吊到西城门外的门墙上，示众了好几天。佳木斯街上很多人家都喝过小顺子送的水，那些人看到小顺子吊在上面，总要暗自抹一下眼泪。"多仁义的孩子，死得太惨了。"也有人说小顺子不甘心当亡国奴和做日本人的顺民，他死得有骨气。

几天后，女子师范学校的几个学生替小顺子收了尸。她们把小顺子埋在西城门外离那口深井不远的一块野地里。喝了小顺子这么长时间的水，她们这才知道小顺子家里没有什么人了。小顺子原来和他的瞎眼奶奶相依为命，奶奶前年死了，他就一个人靠卖水为生。

掩埋了小顺子，郑志民、高明世、范淑杰她们在小顺子的坟头烧了纸，又在心里默默祈祷："小顺子，你安息吧，你死得很勇敢，以后会有人给你报仇的！"

这天天黑以后，董仙桥悄悄来到唐瑶圃家。自从桦川中学变为兵营后，以白长岭、马成林为首的学生骨干并没有回家，而是住在县城亲戚或同学家里，听候唐老师和他的指示。女子师范虽没被占，可也停了课，有的同学回家了，有的还没回去。那天在操场上看到小顺子被日本人杀害后，有的同学就按捺不住内心的激愤，想要和日本人干，为小顺子报仇，想趁黑天摸进校园给日本兵营放把火。这种情绪如果不控制住，就可能会让同学们做无谓的流血牺牲。

一见面，唐瑶圃就急着说出了自己的想法，眼下日本人占领了城里后，全城戒严，人身不得自由，无法开展地下活动。再一个他担心同学们留在城里会出事儿，他想带着留下来的学生骨干去城外找抗日队伍。

董仙桥听后思索了一会儿，说："城外的抗日队伍情况不明，听说李杜的部队也在哈尔滨被日军打散了，不如先忍耐一段时间，等上级指示来了后，再在城里开展地下活动。"

唐瑶圃在房间里来回踱着步，焦急地说："不能等了，要是同学们做出什么鲁莽的举动来，后果不堪设想啊……"

两个人正讨论时，门帘一掀，张耕野带着白长岭、马成林、郑志民、高明世几个学生骨干进来了。

看到他们来了，董仙桥掐灭了烟头，说："你们来得正好，听听你们的意见。"于是，就把他俩刚才的讨论同他们讲了。

学生们血气方刚，这几天正因小顺子的死压了一肚子的火，一听说要去城外找抗日部队，都纷纷赞同。

白长岭说："连大字不识的小顺子都敢和日军对着干，何况我们这些自小受过教育的书生？老师您就下命令吧，我们跟您一起出城去找抗日部队！"

见大家都赞成，董仙桥也不再坚持自己的意见，表示愿意和大家一起行动。

意见统一后，唐瑶圃就领着大家研究了寻找路线，要往西边依兰方向去找李杜的部队。在出城的人员上，男同学提出不让女同学去，女同学不同意。双方正争执着，两位老师说话了："好了，好了，等男同学到部队站稳了脚跟再接你们女同学出去。"女同学只好听从了。唐瑶圃又叫董仙桥也留在城里，说城里将来也需要人开展地下工作。

人员确定后，利用一天时间准备，打算后天夜里出发。为了解决后顾之忧，董仙桥建议唐瑶圃和张耕野把家属送到江北农村去，防止日伪军对她们进行报复迫害。

事情定下来，大家就散了。

9

两天后的细雨蒙蒙的夜晚，唐瑶圃、张耕野、白长岭、马成林和另外三名男同学，辞别了亲人、同学和被恐怖笼罩的佳木斯街里，悄悄走出城去。

西城门外，早早等候在远处野地黑影里的董仙桥，一见他们几个出来，就迎了上来，他双手紧紧握着唐瑶圃的手说："唐兄，路上带着大家多加小心，如果找不到抗日队伍就把学生们领回来。"

唐瑶圃深情地点点头："你也多保重！等着上边的人来联系。"

董仙桥依依不舍地把他们送出去好远……

他们第一个目标是悦来镇，那里距佳木斯桦川县城有九十多里，日伪军可能还暂时不会到那里。白长岭是悦来镇的人，走夜路只能叫他带路。走大道怕遇到日伪军盘查，他们只好选择在这野地里拉荒往前走，脚下的野地草甸子里十分难走，忽而荆棘缠身，忽而泥泞没脚，大家跟头把式地往前走，摔个不停。唐瑶圃他们都是读书人，没受过这种苦，若不是有抗日大业驱使，非打退堂鼓不可。白长岭在前边带路，没人走过的小树林他先过，没人走过的水沟他先蹚，还时不时回头拉别人一把。他的脚上腿上沾满了泥巴，上衣也叫树枝刮破了几道口子。当鸡叫头遍时，他们终于走到了悦来镇，悄悄来到白长岭家。

白长岭敲开了自己的家门，出来开门的父亲一见到浑身是泥的儿子大吃一惊，不知道发生了什么事。正待发问，白长岭把父亲拉到一边去，让身后的几个人进来，这才同父亲耳语了几句。

白长岭的父亲白云祥在镇上开着一家杂货铺，为人忠厚朴实。他一听说是儿子的先生和同学来了，就赶紧把大家往屋里请。

白长岭把同学们安排在了东屋和下屋里，并找出自己的干衣服给大家换上，然后转过正屋来。父亲已叫母亲下地给大家烙饼了，赶了一夜的路，这会儿肚子都饿了。大家吃着聊着，不一会儿，天就大亮了。

吃过早饭，白长岭就去镇上了，他要打听一下悦来镇近来的情况，周围有没有抗日的队伍。

中午回来，他和大家汇报了情况：悦来镇已被于琛澄的伪军白团占领，镇子周围没听说有抗日队伍，倒是悦来镇往东南方向七十多里外有个叫三排的地方，听说驻有"红枪会"的武装，正准备和日伪军打。

唐瑶圃听后就说："那我们就去找'红枪会'，白天休息，晚上走。"

晚上，白大娘又给大家烙了饼，几个人正在里屋吃着，忽听外面有人敲门。白大爷就走出去开门，开了门后说："香芝姑娘来啦。"白长岭一惊，忙走出来，只见院子里站着风尘仆仆的两个人，一个是郑志民，一个是范淑杰，两人胳膊上都挎着包袱。两人一见到他，都开心地笑了，长长地舒了一口气。

"你们怎么找来啦？"白长岭不由得愣住了。

郑志民脸蛋红扑扑地说："你们还没走，太好啦，我想能在这里堵着你们。我们也要跟你们走……"

"不行，不是说好你们留下来等消息吗？"白长岭说。

"我俩的身体好，不会拖累你们的。"郑志民又说。

"那也不行，你以为这是过家家吗？这是要真枪实刀地跟鬼子干的。"白长岭严肃地说。

"我们都出来了，你们就带我们去吧，要不我们找老师说去。"一直没说话的范淑杰这会儿开口了，边说眼睛边往屋里扫。

白长岭只好把她俩带进了屋里。

唐老师见她俩跟到这里来了，又听了刚才白长岭说的情况，想了想说："你俩来董老师知道吗？"

范淑杰抢先说："知道，知道。"

唐老师说："既然这样就带上你俩吧。"

郑志民和范淑杰一听，高兴地拥抱了一下。

白长岭说："香芝，你不回家一趟吗？"

郑志民说："我怕一回去，就走不了了，家里人要是到县上去找，我告诉董老师就说我去范淑杰家住些日子，省得他们惦记。"

听她这样讲，白长岭也觉得放心了，刚才他是担心孙汉琪去县上找她，她人不在会惹麻烦，就说："那你俩快吃饭吧。"

白大娘见到香芝也很高兴，她抓着香芝的手，悄悄问："你们这群孩子，到底要去干什么呀？"

郑志民笑呵呵地回答："姑妈，我们这是去考察哩！考察回来，我还要在同学家住些日子，您老人家就别担心啦！"

"考察……考什么……"白大娘嘟囔着走开了。

吃完饭后，郑志民把马成林叫到院子里，从包袱里掏出一双胶印鞋子来，说是高明世带给他的，到了山里会用得着。马成林又是惊讶又是欢喜地接了过去。

很快，天就大黑了，走在外面看不清人影了，他们一行人悄悄地摸出了镇子。这种神神秘秘的感觉让郑志民很兴奋，她想起了小时候偷偷跟着表哥到江边去玩，那时候她是多么快乐、无忧无虑呀！她又想起了自己的娘，她真想回家去看看她，可是娘会让她去找抗日部队吗？还有孙汉琪的家里，此时她可不想见到孙家的任何人。想到这儿，她狠了狠心，打消了这个念头，埋头快走了起来。

摸黑出了悦来镇，他们一路向南找去。每经过一个屯子就向人打听三排怎么走，经过一夜的奔波，到天亮时，他们终于到了三排。

在这里，他们见到了"红枪会"的头目吴国文。这位农民出身的大法师倒也爽快，交谈了一次就决定收留他们。两位老师留在身边当他的军师，还安排几个学生到会员中去练法。

待了一星期后，他们才知道这是个封建迷信色彩很浓重的武装组织，整日吃符念咒，搞精神战术，没有战斗力，队员手里都是长矛红缨枪。唐瑶圃和张耕野开始做大法师吴国文的工作，告诉他靠吃符念咒是消灭不了日本鬼子的，需要杀伤力强的枪支弹药才能和日本鬼子战斗。大法师根本听不进他们的话，反说："吃符上法，刀枪不入，祖宗所传，禁生杂念。"叫他们赶快入道，勿要扰乱军心。唐瑶圃哭笑不得，只好耐着性子观其变化。

没过多久，日伪军进犯三排的村屯，"红枪会"要和日伪军交战了。战前，"红枪会"又吃符又念咒地做准备。等交战时，"红枪会"擂鼓吹号，一排排"红枪会"的人赤膊袒胸，手执红缨枪，大喊："法师显灵，刀枪不入！"成排列队地往前走，眼睛也不看着前方。结果日伪军的机枪一响，"红枪会"的人成排地倒下，伤亡严重。

一仗下来，大法师不但不接受教训，反而听信他手下人的谗言，说唐瑶圃等人扰乱了军心，还说两个女学生让他们沾了晦气，要撵走他们。唐瑶圃觉得这是一个很难改造的封建农民组织，于是，带着他们悄悄地离开了"红枪会"的驻地。

他们继续向南走，在太平镇附近遇到了一支队伍，经打听是春天李杜部队被打散的一个营驻扎在这里。这个营只有残缺不齐的两个连，连长一个姓李，一个姓张。当他们说明了来意后，两个连长都表示欢迎，并把他们分别安排到队伍里当文书。

不久，他们发现这两个连长很不团结，为了争当营长两个连长差点儿进行火并。唐瑶圃从中做工作，两个连长都不听他的，还骂骂咧咧叫他少管闲事。这事没过多长时间，这两个连长看上了郑志民和范淑杰，还想娶她俩做姨太太。大家知道了这件事，觉得此地不可久留，于是连夜偷偷离开了这个营的驻地。

他们再也不能往前走了，虽听说再往南还有一支李杜的部队，可途经的孟家岗已被日军占领，他们无法通过了。再则他们待过的两支队伍已彻底叫他们灰心了，无处可去，他们只好返回佳木斯。

一晃儿，他们已经出来奔波三个月了。走时高粱地里刚刚出苗，回来时，高粱地里的高粱已长得一人多高了，红红的穗压弯了头，高粱地里像着了一片火。

10

唐瑶圃和张耕野带着几个人回到佳木斯，一进家门，大吃一惊，原来被他们送到江北乡下去住的妻子都已回到家中，并且安然无恙。

唐瑶圃问妻子关玉华："你们怎么回来啦？"

"是凤英妹带我回来的，你们走了半个月我们就回来了，一路上的盘查都被她应付过去了。"

张耕野忙问媳妇怎么回事，凤英说："抗日不光是你们男人的事，我们女人也行。江北农村没有日本人，待着难受，我们想回城里和日本人斗一斗。"

大家听了凤英的话，一扫脸上的疲惫和灰心，开心地笑了起来。

吃过饭，唐瑶圃就叫那三个家在城里的男同学回去了，白长岭要去县城的亲戚家住，想把马成林也带过去。马成林"咳咳"地咳嗽着，他这一路上着了凉，感冒了。几个人里他身体最弱，几个月下来，身体更是吃不消了。关玉华和凤英怕他折腾，就留他在家里住下了。剩下郑志民和范淑杰两人，她俩准备到高明世家去住。刚才吃饭时听关玉华说，女子师范也都放假了，没有人在学校里住了。

这样她俩就和白长岭一起出了门。几个月没回来，这县城变得叫他们有点儿陌生起来。街上不少店铺门脸都挂上了日本膏药旗，酒馆里身穿和服的日本男人在喝酒作乐，大街上不时走过一队日本兵，"嚓、嚓"地迈着整齐的步子。

"这是什么世道！"白长岭气愤地说了一句。范淑杰轻轻地拉了一下他的衣袖，好在天黑，没人注意到他们三个。

拐进黑黑的巷子里，这里倒是有一种死沉沉的寂静，连狗叫声都听不到。仿佛狗也嗅出这城里和以前不一样的味道来。

不一会儿，他们就到了高明世家住的那条胡同里，白长岭站下了，目送着她俩往里走。郑志民回过头，说："表哥，你有什么打算吗？什么时候回悦来镇？"

"我还没想好，先在这里住几天再说。"

"你要是不走的话，记得来看我们哟。"范淑杰在黑暗中看了他一眼说。

"好的。"白长岭转身向黑暗里走去了。

敲开高家的门，高明世一见到她俩先愣了愣，接着又搂又抱，箍得她俩有点儿透不过气来。"我还以为再也见不到你俩了呢，我后悔当初没跟你们一块儿走，快说说你们这几个月都去了哪里啦……"高明世急不可待地问。

她俩和高伯父、高伯母打过招呼后，就和高明世进了她的闺房，坐下慢慢聊了起来……当说到她俩差点儿给那两个连长做了姨太太时，高明世嘴里的一口水差点儿喷了出来。

"你这大小姐还笑，你知道人家这几个月吃了多少苦，受了多大的委屈啊。"范淑杰擂着拳头要打她，高明世就笑着告饶说："好啦，好啦，你们不是要当花木兰吗，这点儿委屈都受不了哪能行呀？"这样一说，两人就默默地不吱声了。

停了一下，高明世问："马大哥还好吧？"自从去年秋天两校联合游行后，高明世就对这个瘦瘦的、言语不多的年轻人有了好感，这在三个人中间早就不是什么秘密了。

"他还好，就是着了点儿凉，在唐老师家住下了。"

"要紧吗？"高明世担心地问。

"不要紧，马大哥还叫我俩捎话说，谢谢你给他的那双胶鞋。"

她们三个躺下了，范淑杰很快睡着了。郑志民翻来覆去睡不着，和高明世聊起了天。

高明世说："那个孙汉琪来找过你啦。"

郑志民翻过身来："什么时候？你怎么跟她说的？"

"你们走后一个月吧，他找到学校来，我说你去同学家了，他问我什么时候回来，我说这可说不好。后来他再去没去过学校找你我就不知道了，因为学校放假了。"

郑志民听了，长长地叹了口气，心想这个孙汉琪一定会把这个消息告诉家里的，娘也一定会因为她着急的。

第二天早上，高明世要去唐老师家看马成林，郑志民和范淑杰也要去董老师家看看，三人一早就出门了。

董老师家的小院没什么变化，葡萄架上的绿叶热热闹闹的，看着养眼，菜园子里也一片生机，种着豆角、黄瓜。她俩一走进院，若坤就跑了出来，很吃惊地看着她俩，嚷道："花木兰就是你俩吗？你俩可回来啦……"她自知说漏了嘴，看看左右邻舍，捂住嘴巴嘻嘻地笑着，拉着她俩进了屋。

几个月不见，董老师也瘦了，白发增加了不少，看得出他这段日子过得并不快乐。一见到她俩，董老师和师母又是高兴又是意外。师母去外屋给她俩沏茶，又叫若坤到院子里瞅着点儿，然后董老师才问起她们出去找队伍的情况。

她俩就把这三个月来的经历一一向老师说了，郑志民说完叹了一口气说："唉，当初出去时我们是抱着一腔热血想投笔从戎的，没想到这些队伍里的人觉悟太差啦，靠这些人怎么能打败日本人呢？"

董老师听了久久没说话，后来他慢慢说道："这样的队伍的确是不能抗日的，眼下日本的侵略势力很强大，而我们民间的抗日组织又像一盘散沙，志民说得对，这样的队伍怎么能打败日本人呢？所以当下最要紧的是让民众觉悟起来，组织起强大的抗日力量，才能和敌人长期斗争下去。"

"老师，我们现在该怎么办？"范淑杰着急地问。

"这个我还没想好，学校已勒令放假，学生都被要求回家了。日本人现在在城里查户口查得很严，你们也不能在城里多待……"董老师瞅瞅她俩说。

说着话到中午了，两人在董老师家吃了饭，小若坤不让两个姐姐走，缠着她们讲外边的世界，她兴奋地听啊问啊，小小的心里装满了好奇。

等她俩回到高明世家，已经是下午了。

高明世看她俩回来得晚，有些担心，说："日本人在县城里查得可严了，你俩没事千万别出去逛街。"想想又说，"要不我托人给你们在城里办个良民证吧。"郑志民想了想说："不用了，过两天我就回悦来镇，等回去再办吧！"范淑杰也连连点头。

刚刚吃过晚饭，白长岭就过来看她们了。范淑杰一见他来很高兴，又是让座，又是端水。白长岭有些不好意思，坐了一会儿，站起身说："屋里太热了，我得走了，表妹，我还有些话要和你说。"

郑志民把表哥送出大门，白长岭悄悄地说："表妹，你家里到处打听你的情况呢，你哥也来县城里找过你，你还是抓紧时间回去一趟吧，省得家里惦记。"

郑志民想想就说："我明后天就回去，表哥你呢？"

"我住在这里的亲戚家，还有事要帮他做，要再待些日子。"

白长岭看了看郑志民，沉思了片刻，说："我听说孙汉琪在悦来镇给日本人当伪警察了，听说还当上了警长。"

"当狗可以，怎么可以当日本人的走狗！"郑志民恨恨地流露出担忧来。

白长岭看了看她的神色就不再说下去了，两人又说了好一会儿话才分开。郑志民关好了大门，回头看范淑杰正在院子里呆呆地等着她呢。

第二天，郑志民收拾好包裹，打算回悦来镇了。她上午去董老师家告别，一走进屋子，就看见书桌上烟灰缸里堆满了烟头，还有一杯没凉透的茶水。

董老师说唐老师刚刚来过，郑志民心下就明白了。

"董老师，我要回乡下家中去了，特来向您和师母辞行。"郑志民说。

"哦，哦，回去也好，学校也不知道什么时候会复课，看这情形，得等过了年再说了。"董仙桥轻轻叹了一口气。

"老师您对目前局势怎么看？"郑志民忍不住问道。

"日本人现在很猖獗，再加上国民政府软弱无力，中国一时半会儿还不能正面与日本作战，听说留守在卜奎的东北军马占山将军也在江桥失利了……"

"难道咱大片东北土地就这么快沦陷了吗？"郑志民也忧心忡忡地说。

"不，不会的，会有人站出来拉起抗日这杆大旗的，听说辽宁出了个杨靖宇，拉起了一支抗日义勇军队伍……"

"是吗？真是太好啦！"这是郑志民第一次从董仙桥嘴里听到杨靖宇的名字，她心头的阴霾也被老师的一番话吹散了。

告别时，董仙桥给她找了几本新出版的小说，还有《新青年》杂志，叫她在家待着的这段时间，多看看各类有意义的书。郑志民点点头。

午后，郑志民就搭上回悦来镇的拉脚马车，回家去了。

11

郑家的祖上是山东人，早年闯关东来到悦来镇。在悦来镇的后街上有三间正房、一间偏房，独门独院，日子过得还不错。

郑香芝走进家门的时候，嫂子张淑云正在生火做饭，一抬头看见走进院来的香芝，就叫了一声："香芝妹妹回来啦。"

香芝娘听到了，闻声下了地，从里屋颤着小脚跑出来："是香芝吗？是俺的香芝吗？"

郑香芝就放下手里的黄色方皮箱，迎了上去："娘，是我，我回来啦。"香芝紧紧攥住娘的手，让她从头到脚地打量。

"俺的闺女，你可想死娘啦，让娘好惦记……"香芝就替娘擦眼角的泪水，也给自己擦了擦润湿的眼眶。

娘又扭过头来对拎起皮箱的儿媳妇说："淑云，赶紧和面，今晚包饺子吃。"淑云应了一声，欢喜地照着吩咐去做了。

这个嫂子比香芝大七岁，香芝从小就喜欢她。

说话工夫，父亲郑庆云挑着担子走进家门来。香芝叫了一声："爹！"他的担子就掉到地上。"是香芝回来啦？你怎么不往家里打个信？"香芝看着父亲着急的样子，想必听说了她不在学校的事情。

"你什么时候进的家门？"

"刚进门一会儿。"

"我怎么没在镇西的路口碰见你？"

"我是坐刘大巴掌家拉脚的马车回来的，走的是北门。"

"哦，哦，我说我今天眼皮老是跳，原来是闺女回来了，正好有两捆芹菜没卖出去，我再去割一斤鲜肉回来包芹菜馅儿饺子，是你最爱吃的。"郑老爹说着又风风火火走出院子去了。

郑老爹出去的工夫，香芝的哥哥郑殿臣回来了，他比香芝大九岁，今年二十五岁，中等个头，方脸膛，身穿一件青蓝长袍，头戴一顶瓜皮帽。一看到香芝，他露出一脸的惊喜："妹妹回啦，什么时候回来的？咋不去铺子里告诉我一声？"他挑理地看了媳妇一眼，淑云说："小妹也是傍黑刚到。"

殿臣就冲香芝使了个眼色，把她叫到院子里来，急急地问："你这么久都去哪儿啦？我去你们学校找过你，人家说你们早都离校了……"

"我去一个同学家住了些日子，她家在太平镇。"

"你可让咱爹咱妈着急死了，这兵荒马乱的，我们还以为……"哥哥欲言又止。

郑老爹把肉买回来，一家人就围坐在一起包饺子。香芝看到娘又增添了不少白头发，爹的耳朵也背了许多，说话老跟着打岔，心里不禁一阵难受。

不一会儿，热气腾腾的饺子就端上了桌，香芝这会儿肚子也饿了，夹起个饺子就往嘴里放，烫得嘶嘶哈哈直吹气。淑云见了，就端出一碗放到窗台上去凉着。娘心疼地看着闺女，嘱咐着："慢点儿吃啊，傻丫头！"

爹问她："这次能在家里多住些日子了吧？"香芝听了就闷闷地说："学校停课了，什么时候开学还说不准。"殿臣放下筷子，说："停课就停课吧，这日本人来了，到处兵荒马乱的，你一个人在外边还让我们跟着担心，不如在家里待着好。"娘听了也连连说："就是，就是，谁说不是呢，只要一家人平安地在一起比什么都强。"

吃过饭，天就黑了，哥哥蹲在院子里修一只装菜的柳条筐。香芝走了过去，轻声问："哥，我不在学校的事，是不是孙汉琪说的？"

殿臣扭脸点点头。

香芝有点儿气愤地问："他还和你说了什么？"

哥哥嗫嚅着说："没再……没说什么，他只是担心你，这兵荒马乱的，你去那么远的同学家住叫人不放心啊……"

香芝不吱声了，在黑暗中沉思着什么。

"你是不是还不太喜欢他？嗨，他现在又给日本人当差了……不过他人还算好，不像别的警察那么欺侮人。"

香芝看了哥一眼，她知道哥很会安慰人，从小到大一直是这样的，她不想让哥哥多为自己的事操心，就没再说什么。

第二天，孙汉琪就过来看她了，一见面就说："听你哥说你昨天

44

晚上回来了，回来就好。"香芝放下手里的书，看着他。

"我去你们学校找过你，她们说你去一个同学家了……"

香芝点了点头，没吱声。

"你的这个同学在太平镇上住？以前怎么没有听你说起过？那里正在打仗，叫人多担心你哟。"

"我只是去她家散散心，没什么可担心的，你不该把这事跟我哥说。"香芝冷冷地回答。

孙汉琪讪讪地住了口，呆坐了一会儿，又问她道："回来有什么打算？"

她拿起书翻了一下，说："能有什么打算？现在是日本人的天下，书也不让人读下去了。"

孙汉琪就说："不会的，日本人也是要开学校办教育的，东北三省就要变成'满洲国'了。"

"你是不是特想当亡国奴啊？"香芝站起身，瞪着孙汉琪，气愤地质问着。

孙汉琪脸上红一阵白一阵的，耷拉着脑袋准备告辞，到了大门，又回过头来说："你回来得办个良民证，镇上每家每户的成员都得有良民证，粮食要凭良民证供应，出行也要。你就交给我去办好了，你什么时候有空去警所照个相。"

郑香芝看着孙汉琪的背影，又生气又想笑，这个熊包真是麻烦，不过良民证的事儿别说还真得求他帮忙。

第二天下午，郑香芝去了镇上的警所。孙汉琪一见她，就远远地迎了出来。他带着她走进警所，两个警察还给他敬礼，喊他孙警长。看着那些警察冲她指指点点，郑香芝更不舒服了。

屋里办证照相的是个日本人，这个日本人头戴着顶军帽，雪白的上衣束在马裤里，他盯着郑香芝看了一会儿，嘿嘿笑着说："孙警长，你的未婚妻大大地漂亮！"孙汉琪点头哈腰，满脸堆笑："谢谢太君夸奖。"

接着那个照相的日本人过来让她摆姿势，还故意摆弄起她的头。郑香芝厌恶地瞪着那个日本人，那个日本人却挑起了大拇指，说："哟西，你是镇上最美的小姐……"

终于照完了，她逃也似的离开了警所，连孙汉琪在后边喊她，她也装作没听到。

接下来的几天，郑香芝就把自己关在家里看书，再不到街上去了。镇上有什么消息都是卖菜回来的爹和站栏柜回来的哥告诉她的。如日本人又在镇西头修了个炮楼，抓了不少青壮年出民工，还有日本人在镇上各粮店征粮，搞得粮店的米价一天一天上涨，一天换一个价牌。

这天，郑殿臣从铺子里回来，叹着气说："这生意越来越难做了。往年一到秋天，收完麦子，镇上的赶集日都是很红火的，今年却冷冷清清。乡下农民一听说镇上驻了日本兵，都不敢到镇上来赶集了，咳，生意也不好做了。"

郑殿臣说完，家里人也跟着叹息了一阵，香芝的心里也添了很多忧虑。什么时候日本人才能被赶走呢？什么时候这个小镇才能恢复正常的、平静的生活呢？

12

一场入冬的大雪在夜里覆盖了悦来镇。早起推门，只有一些麻雀冻得哆哆嗦嗦的，在院子里厚厚的雪地上蹦蹦跳跳。一片白茫茫的街面上像死去了一般宁静。

一大清早，郑老爹就戴着棉毡帽、挑着担子出门了。太阳出来时，街面上已经蹚出了一行很深的毡靴脚印，一直往镇子东头延伸去……

中午郑殿臣回来时，扛回来少半袋棒子面，一进屋就说："棒子面又涨价了，要二十元（伪满洲国的钱）一斤啦。"淑云就跟着咂咂嘴。

郑殿臣又说："回来时，我看见刘大巴掌正套车呢！他老婆抱着闺女老六不松手，还哭哭啼啼的，八成是要往乡下送。那个老六穿得一身新，我看准是卖给谁家去了。"

淑云看着自己的男人，一时间说不出话来。

快吃晌午饭时，郑老爹还没回来，香芝有些着急了，她不时地走到院门外张望。她娘在炕上喊着："别等了，你爹不卖完篮子里的菜是不会回来的。"郑殿臣把手抄在棉袄袖子里，看着窗外说："这么冷的天，冻死人啦。"他知道家里钱也不多了，还要去铺子里上班，就匆匆喝了一碗棒子面走了。

郑庆云一直到下午挺晚才回来，他担子上只有一只空筐，另一只筐不见了，脸上还青一块紫一块的。迎出来的香芝忙搀住了爹，问爹咋的啦。郑老爹没说话，撂下筐蹲到了外屋的地上，长长地叹出一口气来："这是什么世道，买菜不给钱还打人。"他委屈又气愤地道出了事情的原委——

原来在傍中午的时候，郑老爹就卖出去了一筐菜，他想把另一筐卖完再回家，这时过来一个买菜的伪军老总，叫他挑起菜担跟他走。郑老爹挑着担子就跟着他到炮楼去。等他放下菜担要钱时，那个老总说："你的菜就算慰问我们皇协军了，等再出民工时就不叫你家出了。"郑老爹不干，正要和他理论，又走出一个歪嘴伪军，上来就给了他一巴掌，又踢了他几脚，然后把他推了出来，随后扁担和那只空筐也被扔了出来。

晚上，郑殿臣回家听说了这件事也很气愤，香芝说："爹，外边这么乱，以后不要到镇上去卖菜了。"殿臣也说："有我们呢，家里日子也过得去，爹就不要出去了。"郑庆云又暗自叹息一会儿，晚饭没吃几口就回东屋歇息去了。

第二天郑庆云没出去卖菜，被踢的腰上正拔着火罐子。孙汉琪突然来家了，他手里提着一只筐，正是郑老爹昨日被扣在炮楼里的那只菜筐，他还把那筐菜钱也要回来了。孙汉琪说："早上听大哥说的。郑大伯以后该出摊出摊，谁再欺侮您就和我说。"郑老爹拉着孙汉琪的手，高兴地说："让汉琪费心了。"

孙汉琪走后，郑庆云喊出闺女，语重心长地说："看来孙汉琪这身皮还管用，对咱家也是照顾的，香芝你以后不要老对人家不冷不热的。"香芝娘听了也说："是哩，我看你俩还是趁早把喜事办了吧！"

郑香芝紧锁着双眉，也不说话，她心里像压了块石头，喘不上气来。晌午饭后，她出了门，她要去表哥家向表哥打听一下城里学校的消息，只有那些消息才能让她热血沸腾起来，变得浑身是劲儿，充满了希望。

白长岭是入冬前回到镇上来的，不过年前他还往县城里跑过几回。每次回来香芝去他家找他，他都显得神神秘秘的，香芝问他去县城干什么去了，他也不说。有一次她在他的小屋里无意中发现了一摞传单，这才知道表哥每次从县城回来都在家里偷偷摸摸印传单。

这天下午，小屋里只有他们两个人，香芝看着表哥，真诚地问："那些传单到底干什么用的呢？"

表哥没有回答却反问她："你知道共产党这个组织吗？"

香芝摇摇头。

"这是一个有着解放全人类崇高革命理想和信仰的组织。"表哥说得一脸虔诚。

"那你是这个组织的人吗？"

"目前还不是。"

"那唐老师、董老师、张老师是吗？"

"别问了，你以后会知道的。"表哥说到这里，脸上挂着一种兴奋的、充满向往的神色。这个窗上挂满霜花的晚上，让他想起一星期前唐老师家中那个令人难忘的场景——

时令已进入腊月，正是朔风怒号、寒气逼人的季节。白雪皑皑的佳木斯大街上，军警森严，行人稀少。他和马成林顶着寒风匆匆赶到唐老师家，屋里温暖的火炉一下驱散了他俩身上的寒意。师母关玉华给他俩拍打掉身上的雪花。他俩坐下来听唐瑶圃和张耕野说了一番如何在工厂开展活动后，唐老师就叫他俩到院子里望风……接着从结着霜花的窗子里传来唐瑶圃郑重宣布的声音："张耕野同志，'事变'以来，在民族危亡的关键时刻，你始终站在抗日斗争的前列，经受住了长期考验，现在我以一个共产党员和介绍人的身份向你通知：上级党组织批准了你的要求，从现在起你就是一名中国共产党党员了。"他俩从窗外模模糊糊地看到，一面斧头镰刀红旗前，张耕野在庄严地跟着唐瑶圃宣誓……

从那个晚上起，白长岭和马成林就打定主意要加入这个组织；从那天晚上起，他俩也知道了唐瑶圃的共产党员身份。可是他现在还不能跟表妹说这些。

香芝有点儿沮丧，噘着嘴巴说："那我经常来帮你印传单，没问题吧？"白长岭本想答应，可一想到那个近来常去她家走动的孙汉琪，就摇了摇头。"那城里有什么情况你要随时告诉我。"香芝有些委屈地说，白长岭答应了她。

转眼来到年上，悦来镇的街头比平日稍稍热闹了些。日本人在也得过年呀，镇上的人好像都想通了一样。郑家也置办年货了。郑殿臣去县城里为掌柜办货，顺便给家里人捎了些新衣回来。给香芝捎回来的是一件山羊剪绒皮衣和一条白围脖，香芝很喜欢；给爹娘买的是两双鞋子和帽子；给媳妇淑云买的是一件蓝花棉旗袍。淑云忸怩地看他一眼，嗔怪他乱花钱，而殿臣则憨憨地站在那里傻笑。

看到哥嫂如此恩爱，香芝不禁想到自己的婚事，一想到要嫁给那个孙汉琪，不由得愁云涌上了眉头，暗自叹了一口气。

过年时，孙家又到郑家来催婚事了，并带来了聘礼。孙汉琪的父亲说，现在世道很乱，想过了年就给汉琪和香芝完婚。郑庆云也答应下来，上次要回菜钱的事，让他对这个女婿也很满意。

香芝回家听说了这件事，生气地说："等完成学业后再考虑这件事吧！"郑老爹一听，站起来用烟袋锅子敲着桌子，说道："说什么疯话？学校还不知道什么时候开学呢，不能让人家总等啊！"香芝闷声不响地回到自己的小屋，娘跟过来，嘟囔说："好闺女，听娘的，过了年就完婚吧，女孩子家大了总要嫁人的。"

一转眼过完了年，初五的早上，殿臣和香芝一起到表姑家拜年。见到白长岭，香芝觉得自己好像有千言万语要问要说，可是有哥在她身边，也不便多说什么。

没有几天就是正月十五了，香芝终于等来了机会，她要趁着和表哥一起看花灯的机会，好好问问学校里的事儿。

表哥神色沉重，一见面就告诉她，唐老师离开县城走了，他也是前天去县城刚从张耕野那里知道的。唐老师的身份暴露了，上级叫他离开了佳木斯……

香芝听后心里有些吃惊，也没心思看花灯了，拉着表哥到没人的地方问到底是怎么回事，表哥就向她讲了事情的经过——

过年前的一天傍晚，唐瑶圃去一家工厂的工人宿舍里给过年没回家的工人演讲。结束后走出工厂时，发现后边有一个人影跟着他，走了几个胡同也没有甩掉这个便衣"尾巴"。他灵机一动竖起大衣领子，又走进工厂里，在一个工人弟兄的帮助下，从工厂宿舍的后门走了出去，总算脱离了危险。不过他的特征已被敌人掌握了，不能在佳木斯待了。董仙桥把这个情况汇报给上级后，上级指示他迅速离开。他就和爱人转移到江北山里根据地去了。

唐瑶圃走时把桦川中学地下党的活动交代给张耕野，叫他一旦复课就利用这个阵地开展活动，有什么事情请示董仙桥，受他的领导。还关照他这一段风声紧，暂时不要开展活动了。

听到这样的消息，无论是白长岭还是香芝都有点儿闷闷不乐。

13

雪水和房檐下的冰溜子渐渐化净了，阳光一天比一天暖和了，去南方过冬的那窝燕子也叽叽喳喳飞回来了，在黑檩木的房檐下安起了它们的家。在香芝等待得心焦的时候，终于等来了学校复课的消息。

这个消息是表哥来家里告诉她的，说县城里的日本人站稳了脚跟后，就要实施奴化教育来巩固其殖民统治。伪桦川县公署按照日本驻桦川县最高指挥官的指示，宣布桦川县各中小学开始复课开学。

桦川中学和桦川女子师范是三江地区较大的中等学校，日本人对这两所学校十分重视，为便于控制，他们把桦川中学和桦川女师合为一校。他们驱逐了中国校长卢国士，由日本参事宫尾卓次接替，还派进了学监官和日本教员。中国教员留用要经过考试，董仙桥和张耕野都考上了，徐子良不愿为日本人效力，托词年纪大了就离开了学校。

过了不久，郑志民就接到了复课的通知书。在麦子拔青的一个早上，她和表哥一起坐上胶轮轳辘马车到县城里去了。

校址合并在桦川中学，男女学生同在一个学校，这下子校园里也变得比以前热闹了。一走进校园就有人跑过来和他俩打招呼。男生马成林等人围住了白长岭，女生高明世、范淑杰高高兴兴地围住了郑志民，这么久没见面，大家都十分想念。郑志民看范淑杰胖了些，范淑杰看郑志民又高了些，只有高明世不胖不瘦，个子还像原来那样高。

大家正说着话，哨子声倏然响起，一个日本教官操着生硬的中国话叫大家到操场中央集合，等着校长宫尾卓次来训话。大家就朝操场中央走去，黑压压地站好队。

过了一会儿，那个日本校长在一位中国副校长的陪同下，走上讲台。他中等个头，留着平头，戴着一副金丝眼镜。他先轻咳了一下，介绍了一下自己，没想到他中国话讲得还十分流利，接下来他开始训话，大讲了一通"日满一条心""中日亲善"，还号召学校教师同人要为培养"王道乐土"的人才尽心尽力；并讲了学校课程的设置，日语为主课，满语（汉语）是副科，主要讲古文，同时在男中学班开设"劳作课"，在女师范班增设"贤妻良母"教育内容，每天早上还有跑操课。

他讲完后，各班班主任领着同学统一安排食宿去了。女师范班的班主任还是董仙桥，让她们三个更欣喜的是，董仙桥的女儿董若坤也从高小毕业，成了女师的插班生。

晚上郑志民她们三个躺在床上，一直唠到很晚，直到那个监学官吹了熄灯的哨子，她们才睡去。

第二天早上，急促而刺耳的哨声把学生们从美梦中惊醒了，大家慌慌张张爬起来，抓起衣服就往身上套，有的还把衣服穿反了。

到了外边还是有人晚了，晚到的同学就列队站在一边，学监官中古站在前面。除了中古外，还有一个日本小个子体育教官叫宫泽一郎的，这家伙满脸横肉，像条兴奋的狗，一遍一遍盯着大家的脸看。

宫泽带着大家跑，男中学班在前面，女师范班在后面。跑了两圈后，看谁跟不上，他就过去踢上谁一脚，嘴里骂出一句："八嘎！快快地。"女同学有掉队的，他就拽出来拉到一边，叫和那些晚到的学生站在一起，等大家跑完了五圈回教室了，他站在场边叫那些晚到的同学跑八圈。八圈下来就有人累得上气不接下气，还有两个裹了小脚的女生当场晕了过去，中古叫人抬到医务室去。

每天的早操让学生们叫苦不迭，再加上学校的伙食很差，棒子面里还掺糠麸子，有的同学身体就支撑不住了。同学们就反映到中国教员那里，中国教员就反映到中国副校长那里，中国副校长就点头哈腰反映到宫尾卓次那里，请示可不可以少跑两圈，宫尾卓次不但没有同意，还说：你们的中国人东亚病夫体质的不行。

同学们听了这话很生气，大家说咬咬牙也要把这早操课跑下来，不能叫"猪尾巴"校长看不起。女师范班的学生中，郑志民坚持得最好，从来没有跟不上过，这可能与她在小学时喜欢体育运动有关系。而范淑杰在家时哪吃过这个苦，她被宫泽罚过几次，几周下来，人瘦了许多，脸也晒黑了。

宫泽教员不仅在早操时对学生惩罚得很严厉，而且要求学生每天上课时都要对老师行九十度的鞠躬礼，不仅是在课堂上，在校园里也是如此。如果在课堂上发现有谁腰弯得不够九十度，他手里的教鞭就会落在谁的头上；如果是在校园里，他还会罚行礼不合规范的学生一直弯腰站在那里，等下课铃声响过，才允许被罚的学生离开。久而久之，学生都对这个小个子宫泽恨之入骨。

14

自从唐瑶圃走后，张耕野秘密地去董仙桥家找过他两次，商量两校合并后怎样在学校里开展地下工作。两人在学校里很少说话，在人前并不多接触。张耕野教满语（汉语）课，董仙桥教教育学课，两人不在同一学科教研室，碰面的机会也不多。他俩有什么事情都是通过马成林和高明世来传递的。

开学不久，无论是男中学班，还是女师范班，都知道了马成林和高明世在谈恋爱。马成林常常过师范班来找高明世，高明世也过六班来找过马成林，连日本教员都习以为常了。

这天下午，高明世又来了。在校园一角，她悄悄地对马成林说："请转告张老师，董若坤同学今晚要去他家和你俩一道补课。"这是他们之间的暗语，马成林一听就明白了。今晚董仙桥要到张老师家去，还要他和白长岭一起过去。

傍晚，如火的夕阳在西门外沉去，天空暗了下来。晚风习习送出一丝爽人的凉意。董仙桥吃过晚饭，就匆匆走出了家门，向佳木斯东街走去。

张耕野家也早早吃过了晚饭，收拾起了炕桌，马成林和白长岭已经到了。他俩还不知道今晚找他俩过来有什么事，正揣测着，在院子里放风的凤英同来人小声打了个招呼，董仙桥就走进屋来。

董老师坐下后，看了看马成林和白长岭，说："我来宣布一个决定，马成林、白长岭两位同学，你们两个的入党申请经上级组织研究后批准了，从今天起你们两个就是中国共产党党员了。"这个消息一下子让两人惊呆了，他俩对望了一眼，激动得半天说不出话来，把手紧紧地握在了一起。

马成林和白长岭跟随董仙桥宣完誓后，董仙桥又告诉了他们三人一个好消息，说江北抗联三军正在汤原一带活动，上个月在兴山（鹤岗）打掉了一个日军中队。

大家听了都很振奋，说："太好啦，我们要把这个消息印成传单散发出去，让城里的百姓知道我们的抗联队伍还在外围活动。"

接下来四个人研究了一下目前在学校里要开展的工作，如何团结进步同学在校园内开展对敌斗争。董仙桥让他们有什么想法都说一说。

白长岭激动地说："同学们对那个宫泽恨之入骨，我们要想法子教训他一下，有人提出来想在他的饭菜里投毒药。"马成林听了，说："如果行动过激，势必会遭到日本校方更大的报复。"董仙桥听了点点头，说："打击一下这个宫泽的野蛮气焰是可以的，但要考虑一下方式，不要惹火烧身。这个你们回去后再跟同学商量一下怎么做才好。从今天起，你们中学班就成立一个党小组，组长是张耕野同志，遇事你们几个在一起商量。"三个人点点头，就散会了。

这天下午，白长岭带着同学们打篮球，白长岭球打得好，他高高的个头在场上跳跃腾飞，非常帅气，引得同学们纷纷围过来观看。这时宫泽也挤了进来，站下看了一会儿，就走进场内去抢球。这个宫泽比白长岭矮了一头，在场内自然是抢不到球的，他就叫人又拿一个球来。可是每当他把球投出去时，白长岭手里的球也出手了，顶得他的球进不了球筐，逗得场外的同学直发笑。等白长岭抱着球下场时，宫泽的脸憋成了猪肝色，他拦下白长岭说："我的，要和你的单挑！"白长岭暗自一笑，点点头应允了。

星期六下午，操场上围了许多人，不仅有各班的同学，连中方教员和日方教员都来凑热闹。裁判员中古一声哨响，比赛开始了，学生在给白长岭加油，日方教员在给宫泽加油，场内打了二十多分钟，宫泽竟然一个球也没进，不是抢不到球，就是抢到球上篮时被白长岭封盖了。

这家伙恼羞成怒，开始使坏了。在白长岭飞身上篮时，这家伙在篮下往白长岭身体上撞。白长岭似乎早料到他这一手，飞身闪过，高高扬起手把球送进了篮筐。场下一片欢呼声，范淑杰和郑志民拥抱了起来。这下宫泽更火了，他远远抢过一个球，使足了吃奶的劲儿带球朝白长岭猛扑过来，白长岭在他带球到跟前跃起时，突然一抽身，让他扑了个空，重重地摔倒在地上，来了个狗呛屎，场下一片哗然。

连吹哨子的中古也不由得皱了皱眉头，泄气地吹了一声哨子散场，比分是24∶4。

看过这场球赛后，郑志民作了一首打油诗：篮球场上龙虎斗，相斗的两人都姓白，一个是场上的浪里白条，一个是场下的抽白条（教鞭）。自从这场篮球赛之后，宫泽的嚣张气焰有所收敛，跑操时不再耀武扬威了，课间惩罚学生时，手里也不再提着白皮条教鞭了，不知是不是听了学生中流传的那首打油诗的缘故。

15

星期天，又是一个秋阳高照的好天气，校园里空气爽朗清新。高明世和郑志民早早起来了，她俩如约要去董老师家。郑志民要去还书，而高明世似乎有别的事儿，一早起来脸上就挂着红晕，总是望着窗外出神。

正是高粱红了的季节，西城门外两边庄稼地里的高粱红彤彤一片，格外醒目。田野上的微风吹来，送来清新的庄稼成熟的味道。

进了董老师家的院子，小师妹若坤已站在院子里张望了，见她俩走进来，就冲高明世神秘地一笑说："爸爸已等在书房里了。"

进了屋，董老师和师母李淑杰都坐在炕沿上，刚才好像在说着什么话，见她俩先后进来就停下了。"先生好，师母好。"她俩问候道。师母起身搬来两个凳子让她俩坐，高明世坐下了，郑志民又走进里屋去，先把书放回到书架上，又在架前翻起书来。

这时，她听见外屋的董老师说："经过组织研究决定，同意你的入党申请了，决定发展你为中共党员。"

郑志民一听，就从里屋跑了出来，着急地说："老师，我呢？我也递交了入党申请书啊！"

董仙桥看了郑志民一眼，说："考虑到你的特殊情况，你还是缓一下更好些。今天把你叫来也正是想跟你好好谈谈这事的。"

郑志民一听就急红了脸："董老师，我也要现在就加入党组织，你们是不是因为我有个当伪警长的未婚夫才这样说的？如果是这样，我现在就退婚去！"

听她这样一说，董仙桥一愣，和妻子李淑杰对视了一下，就走进书房里商量去了。

就在这学期开学时，有两次表哥和马成林到张耕野家去，她和高明世也想去，但都被拒绝了。高明世倒是痛快地不跟着去了，郑志民想不明白，就问高明世："他俩有啥事去张老师家背着咱俩？"高明世说："他俩去开会。""为啥不带我们？"郑志民又问。高明世说他们是组织上的人。郑志民就明白了。从那天起她和高明世也想加入这个组织，就和董老师说了，并偷偷地在董老师家里写了入党申请书。

董仙桥在向上级组织汇报时，上级的确考虑到郑志民这个伪警长未婚夫的问题，让他们考虑暂缓一下郑志民的入党问题。而作为佳木斯西门外地下支部机要秘书的李淑杰则不同意，刚才她正是在为这事儿跟老董争论呢。

郑志民忐忑不安地坐在椅子上，先生会不会同意自己入党呢？她一时心里还没准儿。高明世也替她着急，在外屋里踱来踱去的。

过了一会儿，董仙桥和师母出来了。董老师像下了很大决心似的，扶了扶眼镜说："经我和淑杰同志的研究，同意你现在就入党。"此时她俩才知道，和蔼可亲的师母原来早就是地下党组织的机要秘书了。董老师带她俩宣过誓后，又严肃地跟她俩讲了党的纲领和章程，要保守党的机密，组织上的事对任何人哪怕是家里人也不能讲。特别是当前抗日斗争形势复杂，作为一名共产党员随时都是冒着生命危险在工作，要不怕流血牺牲，无论什么时候都不背叛党的信仰。她俩郑重地点点头。后来，当郑志民参加抗联带着战友冲出敌人包围义无反顾走入河水里去时，耳边还响起这一天在这个小屋子她的入党介绍人董仙桥说过的话：时刻准备为民族解放事业而献身！

临走时，董仙桥老师又叮嘱她俩说，为了不暴露自己的身份，以前在学校里和家里是什么样，还应该是什么样。

可是没等走出这个小院，郑志民就发现自己和来时不一样了，先是站在院子里的董若坤神秘地冲她俩吐了一下舌头，也不像每回来她家时那样跟她俩又疯又闹了。等走出院子，看天天更蓝了，看太阳太阳更晃眼了，脚下的土路似乎也变得更宽敞了。

路两边高粱地里，高粱叶子被风吹得哗哗啦啦直响，好像在唱一支愉快的歌，那压弯头的高粱被午后的阳光一照，红红的像兴奋的孩子的脸。

她此时也想放开嗓子唱一支歌，把心中的激动和高兴都唱出来，刚才宣誓完，师母教她唱了一支什么歌呢？对，《国际歌》。她知道表哥和马成林都是党组织里的人啦，自己从今天起也是和他们一样的人啦，她怎么能不高兴呢？

临进城门时，她偷偷看了一眼走在身边的高明世，她面无表情目视前方，像什么事情也没发生过。这叫她暗暗惭愧和佩服起来，怪不得董老师要先发展她入党哩……城楼上有两个伪军背着枪来回走动，嘴里还在打着哈欠。

在敌人的眼皮底下工作，一定要学会沉着冷静，她在心里这样告诫自己。

16

日子过得飞快，转眼到了师范班最末一学期，宫尾卓次指令女子师范班去奉天进行毕业实习，由司学官中古监督，讲教育学课程的董仙桥老师带队。郑志民没去过奉天，听了这个消息别提多高兴了，赶紧写信把这个消息告诉了家里。她哥哥还委托白长岭捎来了两块银圆，叫她路上别不舍得花钱，看什么好买点儿什么。

前往奉天的火车启动了，同学中多数人都是第一次出门坐火车，一进车厢，大家就叽叽喳喳兴奋得像小鸟一样说个不停。

车过新京（长春）站停车时，那个司学官中古还叫大家站起来，面向东侧窗外挂着伪满洲国国旗的站台三鞠躬，又叫大家唱起伪满洲国国歌来。许多同学这才知道到了伪满洲国的国都，伪满洲国的皇帝溥仪，就住在离车站不远的伪皇宫里。

火车跑了三天三夜，到了奉天车站，一下车大家的眼睛就不够使了，站里站外到处都是人。中古把大家集合在站台外面，训示大家不要乱跑，排着队走，如有人上厕所得提前请假。还说这里是日本关东军总部所在地，大家一定要遵守纪律，否则出了事情后果自负。

这奉天城可比桦川县城大多了，街上"咣当、咣当"地跑着电车，人来车往的，有些女学生就傻傻地站在街中央不敢迈步了。中古见了很凶狠地扯着她们的衣领拎到路边上来。

他先把学生们安顿在一家日本人开的旅馆里，下午就带大家去一所小学校参观。回来时大家累得腰酸背痛的，倒在床上就不愿动弹了。第二天又是如此。一周下来，她们观摩了四所小学校，其中一所还是日本全日制的小学。

到了最后两天，中古才给学生们放了假，让大家自由活动一天。学生可以去逛逛街、看看戏，还可以去故宫参观一下。郑志民和高明世、范淑杰、董若坤一起去逛街，范淑杰要大家陪她去逛一家老字号的服装商号，她给自己买了一件旗袍。郑志民看见一件红绒坎肩，蛮喜欢的，就买了下来。

出来时，看时间还早，高明世要给马成林买件礼物，她拉上范淑杰又进了一家商号。郑志民和董若坤跑到街对面的书店去，郑志民用剩下的钱买了一些书，若坤取笑她说："志民姐要当书虫吗？"郑志民严肃地说："若坤妹，咱们师范毕业后，如果当局不限制的话，咱们都要继续升学，我们要努力学习知识，将来对国家对民族会起更大作用。"

两人正说着话，忽然发现前边马路上围着一群人，就从人缝中向里看去。一对乞讨的父女，身上的破烂衣服都脏兮兮的，那个六七岁的小女孩脸也多日没洗了，黑黢黢的。这几天走在街上，她们不断看到有乞讨的老人和孩子流落在街头，今儿再看到也觉得没什么奇怪的了。

她俩刚要走开，只见那对父女一个弹着单弦，一个摇着拨浪鼓唱了起来："说凤阳道凤阳，凤阳本是个好地方，自从出了朱元璋，十年倒有九年荒，大户人家卖田地，小户人家卖儿郎，奴家没有儿郎卖，身背花鼓走他乡……"凄凉的歌声听得郑志民心里发酸，她拨开人群走进去，掏出身上剩下的零钱，放进地上一只碗里。小女孩点头叩首，连连说着："谢谢姐姐，谢谢姐姐……"

晚上回到旅馆，坐在饭堂里等着吃饭的工夫，郑志民又想起了下午碰见的那对父女，几日来的观感一起涌到心头，没想到在奉天这个从小向往的大城市，看到的却是一派民不聊生的景象，她不由得拿起筷子敲打起碗边来，嘴里唱道："说奉阳（天），道奉阳，奉阳本是个好地方，自从出了土皇帝（指溥仪），十年倒有九年荒，大户人家卖田地，小户人家卖儿郎……"

坐在她身边的董若坤心领神会，也跟着唱了起来。歌声一传俩，俩传十，不一会儿，饭厅里的学生都跟着敲碗唱了起来。中古不知道发生了什么事儿，和那个日本老板慌慌张张跑过来，听到歌声响成一片，气急败坏地嚷道："别唱了，肃静，肃静——"大家哄笑着慢慢地安静下来。那个日本老板莫明其妙地看看大家，又看看中古。中古的脸已气成了紫茄子色，却找不到发作的理由。

从奉天回到桦川县中学不久，郑志民就要毕业了。四年来相依相伴，一起学习一起生活，一下子分开叫大家难分难舍，同学们都互赠纪念品，要好的同学就去华芳照相馆照相留念。董老师还把他的那本《全唐诗》送给了郑志民做纪念，这让郑志民有点儿喜出望外。

这天下午，郑志民刚和高明世、范淑杰、董若坤从华芳照相馆回来，便看到孙汉琪站在校门外，大盖帽下戴着棉耳包，抄着袖子跺着脚，看来等了好久了。郑志民的心情一下子阴沉了下来。

"你毕业啦？我来看看……帮你先把东西拿回去。"孙汉琪殷勤地说。

"不用了，我们还没开毕业典礼呢。"郑志民说。

"那开了毕业典礼，我就来接你，到时候咱俩好办喜事儿……"

孙汉琪满脸堆笑。

"到时候再说吧！"郑志民冷冷地回答，然后掉过头走了。

她一个人在校园的小路上走了很久，她想大哭一场，想把满腹的委屈找表哥好好倾诉一番。但她没有眼泪，也没有多余的话语，她只是迎着寒风，挪动着被冻僵的脚，用那双明亮的眼睛专注地看着前方。

就在头一天晚上，董老师还有师母和她说的话，每一句她都清楚地记得。

她是去董老师家里告别的，她脸上闷闷不乐的。师母拉着她的手问她是不是有什么话要说，她突然说，想回去退婚。

听到这话，董仙桥和师母都吃了一惊，以为她和孙汉琪之间发生了什么事情，等听她细说方才明白她的心思。她说前些天孙汉琪来找她说结婚的事儿，看来她毕业回去，两家肯定是要给他们完婚的，可她现在怎么能和一个伪警察在一起生活呢？她今天来也是想让董先生和师母给拿个主意。

董仙桥沉吟了一下说："那个孙汉琪人长得还不错，至于他的伪警察身份，只要他不是特别反动，不甘心为日本人卖命，结了婚后看看能不能感化他，把他争取过来，让他以警长的身份做掩护为我们工作。"

师母也说："你这么急着回去闹退婚，且不说两家大人会不会同意，也会叫他察觉你的身份，这样就不利于你将来开展工作啊。"

她听了这些话沉默了，因为自己特别的身份，因为自己肩上神圣的使命，她不得不面对现实。她思忖了一下，默默地点了点头。

董仙桥和师母把她送出院外，临走还送她一床绣着鸳鸯的红被单，说是给她的结婚礼物，真心祝福她将来能够幸福。

第 二 章

17

悦来镇南门里初级小学这年春天开学时，新分配来了一个身着蓝士林旗袍、外罩红色绒坎肩的年轻秀气的女老师。校长把这位秀气俊俏的女老师引进老师办公室，给大家介绍："诸位同人，这位是县城师范毕业分配来的郑先生，今后她要和大家在一起共事了，希望大家多多关照。"

"郑先生好！"有人过来向她颔首行礼。"李先生好！张先生好……"随着校长介绍，郑志民一一弯腰低头回礼。

在办公室最里面的桌子后，一个瘦瘦的青年男老师静静地站在那里。校长介绍说："这是我们学校的才子，吉乃臣先生。"郑志民低头行礼："吉先生好！"不料没等她把头抬起来，对方竟冷冷地回了一句："孙太太好！"郑志民不由得一愣，脸上火烧火燎地红了起来。

她抬起头来拘谨地打量着他，黑瘦的个儿，长脸，黑黑的眉毛，尖下巴上胡子刮得精光。这人她恍惚在哪里见过，哦，她想起来了，他是孙汉琪家的邻居，正月里过门那天，她一定看到过他，喝喜酒时孙家还把他的父亲吉保长请了过去，奉为座上宾呢。

上课铃声响了，大家纷纷夹起书本从她身边走过去，这个冷冰冰的吉先生也匆匆奔教室去了。

接着校长给她安排了课，让她教二年级的算术课、语文课，还有副科图画课、音乐课，还让她兼二年级六班的班主任。然后校长把她带到班级去，学生们已经在座位上坐好了，黑压压的小脑袋，目光齐刷刷地好奇地望着她和校长。

校长走后，她开始上她的第一堂课。她在黑板上用粉笔写下了：我们为什么要读书？然后叫起两个学生来回答，一个孩子说读书是为了帮爹爹管理田地，一个说读书识数是为了让家里不再多交地主家的租子。她笑了笑，也不说学生们回答得对不对，就给大家讲起了"岳母刺字""岳飞抗击金兵"的故事。看学生们听得入神，她就话锋一转说："古时候的英雄都能爱自己的国家，保卫自己的国家，我们大家也要做那样的英雄！我们从小读书要有远大的理想，长大后才能为我们这个多灾多难的民族做出贡献。"孩子们似懂非懂地听着这个新来的女老师讲话。

不久，学生们都喜欢上了她的课。在图画课上，她教孩子们画校园里的绿柳树和轻盈的燕子；音乐课上，这个好看的女老师不仅会吹口琴、弹风琴，还经常坐在教室前边的板凳上吹短笛、吹长箫，还会教他们好多好听的歌。下课时，她还会走到操场上去，和孩子们一起做游戏，玩老鹰抓小鸡。她在队前带着孩子跑，跑得脸上汗津津的。

郑志民来学校一段时间，教员们彼此间都熟了，大家见了面都彬彬有礼点头打招呼，唯有那个吉先生见了面依旧板着面孔，待她不冷不热。

有一次路过办公室，郑志民看见一帮老师围在那里议论，原来最近镇子上又增了日本驻兵，伪军还向镇上的百姓增收治安税。一上班教员们就纷纷抱怨，说这当亡国奴的滋味真不好受。

这会儿，只听吉乃臣在人群里说道："……这是什么满洲国？纯粹是日本人的傀儡政府，日本人想干啥就干啥，这还是叫人活的日子吗？"

就有人在附和："谁说不是呢？"

"可我们也不能老实地等着人家来宰割啊！我是高丽人，大家知不知道我们高丽人有个叫安重根的？"

老师中有说知道的，也有说不知道的。郑志民就走了进去，插了一句："就是在哈尔滨火车站上刺杀日本首相伊藤博文的那个人。"吉乃臣愣了愣看着她。停了一下，她接着说："哪里有压迫哪里就有反抗，这才是一个有血性的民族该干的事情。我也敬佩这样的英雄。"说完这番话，郑志民就离开了，留下吉乃臣惊讶地看着她的背影。

这天放学后，吉乃臣主动和她走在了一起。"郑先生，我能问你个问题吗？"这是郑志民到这所小学后，吉乃臣第一次叫她郑先生，而没有称呼她孙太太。

郑志民转过脸来，说："吉先生有什么问题就请问吧。"

吉乃臣开口说："郑先生是城里读过师范的人，怎么能受制于这媒妁之言的旧式婚约呢？"

郑志民听了，淡淡回答一句："是家里父母给操办的，在咱这乡下不都这样吗？"她无可奈何地叹息了一声，一丝愁云掠上了她的眉梢儿。

"郑先生，莫怪我多嘴……"吉乃臣讷讷地说道。

打这以后，吉乃臣在学校里像其他老师一样和她说话了。吉乃臣是体育老师，还兼着日语课。他喜好运动，学校的那副篮球架子下常能看到他的身影，他还精通乐器，别的老师常能看到他们两人在一起打球、吹口琴、吹箫。

到南门里小学教书一个多月后，一天下午，郑志民去北门里小学看马成林、高明世和董若坤，他们三个分在了这所小学教书。离开佳木斯前，董仙桥特意叮嘱他们几个，以后在悦来镇开展活动要以北门里小学为阵地，马成林是他们三个的负责人。师范一毕业，马成林就和高明世成了家，他们家就住在离学校不远的一间草房里。他们结婚时郑志民去过，还帮高明世布置过新房呢。

见郑志民来了，马成林、高明世和董若坤高兴极了，几个人来到若坤的宿舍里，这是上课时间，别的住宿老师都不在。进了屋，马成林向若坤使了个眼色，若坤就走到门口望风去了。

"马大哥，上边有没有什么指示?"一坐下来，郑志民就迫不及待地问。

马成林说："上面叫我们在学校先站稳脚跟再开展工作，主要是有意识地接触一下进步教员，了解他们的心理状态，有目的地启发他们的觉悟，看看能不能把进步教员拉到我们这边来，一道为抗日救亡做些工作。"

郑志民一听立刻想到了吉乃臣，她觉得这个人很有正义感，就把他的情况和马成林说了。马成林听后说："这个教员可以作为争取对象去团结，你要和他多接近。"

郑志民也说出了自己的一丝顾虑："只是他父亲是伪保长吉丙乾。"

马成林听了思索了一下，说："他父亲的情况我们可以再摸摸看，如果能争取过来，他对我们将来是有用的。"马成林咳嗽了两声，又交代说，"以后有事我会让若坤去学校找你，她也是教音乐和美术的，你们在一起接触不会引起别人的怀疑。"郑志民点了点头。

走出了校工宿舍，高明世送她到校门外，郑志民打听了一下留在县城小学教学的白长岭和范淑杰的情况。高明世笑着说："他们都挺好的！"看郑志民一脸的落寞，高明世小心翼翼地问："你和孙汉琪结婚后过得好吗？"郑志民不想让好友为她担心，说了句"还好吧"，就急匆匆地离开了。

天气暖和了，晒在身上的阳光温吞吞的。走回去的路上，她想起了和孙汉琪结婚后的这段日子，一丝愁云就浮上了她的心头。本来新婚之夜她是想劝劝孙汉琪的，劝他别替日本人卖命了。她小心翼翼地试探："你今后有什么打算？"他愣了一下，说："打算？能有什么打算，这是日本人的天下，给日本人当好差就行了。"她说："日本人终究是靠不住的，早晚要被赶出满洲的。"哪知孙汉琪听了这话脸都白了，差点儿上来捂她的嘴，说："你可不要乱说，这要让日本人听到了可是要杀头的。"想到他一提到日本人就诚惶诚恐的丑态，郑志民心里一阵隐隐作痛，恐怕争取他不是一件容易的事儿了。

18

燕子在春天时又早早地飞回老郑家的房檐下，到了地里麦子抽青的时候，又孵出一窝小燕子来。两只老燕忙碌地给小燕子叼食回来，送进它们叽喳叫着的黄嘴丫里。到了它们羽毛丰满的时候，两只老燕就该把它们撵出窝找食去了。每次回家看到这种情形，郑志民都忍不住这样想。

大门一响，嫂子迎了出来："香芝妹妹回来了。"娘也从里屋迎了出来，嘟囔着："你不该老往家里跑，让女婿和老孙家挑理。"郑志民怔了怔，口里说出一句："他在警所里忙得很呢。"

是呀，孙汉琪的确忙得很。他中午常常不回家，夜里也是很晚才回来。有一天中午，郑志民一回家，竟然看见孙汉琪站在院子里，就问："你怎么回来了？"

孙汉琪哼了一声，盯住她问："和吉乃臣一起回来的？"

郑志民点点头。

孙汉琪嘴里咕哝着："这个高丽棒子，人古怪得很，以后给我离他远点儿，也不要和他在一起走了！"

她听出他的醋意，没有理他走进屋去了。

他们两家是邻居，以前碍于吉乃臣父亲是伪保长，他爹是伪甲长，两家大人还有来往，孙汉琪也不好把这妒意太明显地表露出来，只是在门口偶尔碰到时脸色阴沉得难看。有他在场，吉乃臣看见郑志民还称呼她"孙太太"。

现在孙汉琪看到郑志民和吉乃臣放学一起回来就心生妒意，有一回又看到放学后他俩一起回来的，就生气地说："我不是说过不叫你和他在一起走吗？"

郑志民反驳他："我们是同事，又是邻居，自然会走在一起，你总不能让我放学绕道走吧？"

孙汉琪悻悻地说："我不管，反正你离他远点儿……"

夏至过后，悦来镇南门里小学校园里，两棵老柳树的树冠越发碧绿茂盛了，下课后，这里更是成了孩子们玩耍的乐园。

这天上午，校长找到郑志民，说县教育署下了一纸通文，县里要举办学生运动会，让他们学校出一个学生代表队，进行体操和文艺表演。校长让她和吉老师带队去，还让她教学生编排一个节目。

这天下午，郑志民和吉乃臣把要参加团体表演和田径项目的学生挑出来，放学后在操场上排练队形。关于文艺表演，她还没想好什么曲目好，吉乃臣就鼓励她说："你就编排个歌舞，叫大家一边唱一边演好啦。往年别的学校也是这么做的。"郑志民听了心里很高兴。

排练完天已晚了，学生都在前边跑走了，他俩落在后边。傍晚的风吹来，拂来一丝清凉，不远处的水塘中响起一阵起伏的蛙鸣，两人边走边说着编排歌舞的事儿，心情别提多畅快了。

六月天孩子脸，刚才还燥热得要命，这会儿一阵风吹过，竟然刮过来一块乌云。等雨点落到脸上两人才察觉，雨哗哗地下了起来，吉乃臣脱掉上衣，支在了他俩的头顶上，然后一起跑了起来。雷声追在头上轰隆隆地响，天地顷刻间暗得只能看到两步开外，她几乎是被他拥着身子跑回来的。到了家门口，她说了一句"谢谢"，就头也没回地跑了进去。

进屋后，她才发觉自己的黑裙子已湿透了，可她的身上却暖乎乎的，像是刚刚沐浴过春风，又像是刚刚喝了一杯美酒，啊，她的身上还留有那个人的体温呢。

这天晚上孙汉琪跟他爹去乡下收租子没有回来，她狙坐在梳妆台前沉思了许久，拿起笔来飞快地写出一首唱词来——

> 燕双飞，画槛人静晚风吹；只记得，去年巷风景依稀；绿扶庭院，细雨润花花枝翠。雕梁沉，冷簪入梦燕未归；且衔得，草青泥重筑新；捧垂危姿，其香隐约引人醉。楼台静，烟云缭绕燕双飞；流光速，青青即逝何时归？风雨逐阳，杜宇声声催人泪！燕双飞，燕双飞，风暴雨狂难阻归。

写完，她脑里浮现出傍晚被那人撑起衣服遮挡着身子往回跑的情景，脸腮在梳妆镜里悄悄绯红了起来。

第二天早晨，她一见到吉乃臣，就悄悄地把唱词递给了他。他接过去后就匆匆上课去了。等下了课，他激动地找到她说："郑先生好才笔啊，唱词写得太好啦！"被他一夸，她的脸又红了。

离去县里参加运动会的时间越来越近了，这天上班的路上，郑志民忽听柳树后有人在叫她："郑先生——"她回过头去，树影里站着一个肩背弯曲、面孔黝黑的男人，他的衣服上也黑黑地沾着煤屑。不等她问，那人就从树后拖出一个低着头的男学生来。

"刘伯德，你怎么在这儿？"郑志民惊奇地问道。

那个木炭一样黑面孔的男人木讷地笑着，说："俺是刘伯德的爹，郑先生，俺来是求你一件事，别叫俺家的刘伯德参加运动会了。"

"为什么？"

"你看他连鞋子也没的穿，也没吃的给他带。"这时，郑志民才发现刘伯德的脚上还穿着一双露着脚趾头的布鞋呢。

"哦，刘老爹您放心吧，这事我会给孩子解决……"郑志民爽快地说。

第二天，刘伯德得到了一双和别的参赛学生一样的球鞋，他高兴得都不敢迈脚了，练习跳远时还把那双新鞋拿在手上。

县运动会的那天，学校雇了两辆马车把学生和随队老师拉到了县城里，运动会就在桦川中学操场上举行，不过中学已放假了。

团体操表演开始不久，就轮到悦来镇南门里小学了。郑志民吹着哨子把学生带进场内，学生们翩翩起舞表演起了《燕双飞》，场内一下子静了下来。表演完毕，掌声四起。郑志民刚把学生带下场，就有人在她肩上拍了一下，她一回头见是范淑杰，一阵惊喜。

"我老远看着就像你，你们小学表演的这个节目肯定得第一名啦。"范淑杰还是那样快言快语。

"你也是带队来参加运动会的?"

"是呀,我想差不多能见到你,别说还真见到了。"范淑杰一脸兴奋地说。

"我表哥他有没有来?"

"没……哦,马上轮到我们表演了。"范淑杰没顾上回答她的话就带队匆匆地走了。等到田径比赛开始时,郑志民也没再见到她的身影。

在运动场的那边,田径比赛开始了。郑志民赶紧走过去,她答应过刘伯德会亲自给他加油的。刘伯德先是参加了跳远比赛,然后又站到跑道上参加一百米赛跑。比赛开始了,大家都为自己学校的学生加油,郑志民也挤到前面去喊:"刘伯德加油,刘伯德加油!"刘伯德好像听到了她的话,脚下生风越跑越快,第一个跑到了终点。

郑志民开心地跳了起来,突然,一个人猛地拍了一下她的肩头:"刘伯德拿第一啦!"回头一看竟是满脸兴奋的吉乃臣,她还从没见他这么激动过呢。

"走,我请你们下馆子去!"

这时太阳已照在头顶了,郑志民才发觉自己真的饿了。她本想把范淑杰也叫上,可找了一圈没找到,只好跟着吉乃臣和跑得一脸是汗的刘伯德走了出来。其他学生都是带饭吃的。

他们在校门前的那条街上找了一家饭馆,这家馆子郑志民上学时和同学也来过。跑堂的很快把点的菜端上来了,郑志民和刘伯德不喝酒,吉乃臣自己要了一小壶烧酒。他先倒了一小盅酒端起来,说:"我祝贺你们两个都拿了第一名。"郑志民一愣,马上明白过来他是指她编排的团体歌舞也拿了第一名,就用手里的茶水盅与吉乃臣碰了一下。刘伯德吃得很拘束，几口扒了一大碗米饭就撂筷，跑出去找学生队伍去了。

他俩慢慢吃了起来，吉乃臣说："郑先生，我敬你，要不是你的资助，刘伯德拿不了第一名。"他双手举起酒杯，用充满敬意的目光热情地看着郑志民。

郑志民望着他的神情，脑子里又想起那天他们两人在暴雨中相互用衣服遮挡着往回跑的情景来，这两个人像不像一对雨中归巢的燕子呢？这样一想，她的脸不知不觉浮上了红云。

"郑先生，其实在学校里我早看出来你和别的老师不一样，你心地善良，又多才多艺，原谅我你刚来学校时对你的误解。"

"哪里，吉先生，你也是一个富有同情心和正义感的人，也让我很敬佩。"说着，郑志民深情地看了他一眼，吉乃臣的脸也慢慢地红了起来。

"其实我在沈阳上学的时候，家里也给包办了一门婚姻，是我从没见过的一个乡下女子，我回来后就给退了……"

"真的吗？"

"真的，我觉得像我们读过书的人不应该做旧式婚约的牺牲品。你说是不是？其实我早看出来郑先生的婚姻过得并不幸福……"

这似乎又说到郑志民的心里去了，她轻轻叹息了一口气，一时不知该怎样向他说起自己的婚姻、自己内心的苦闷，还有内心的秘密。她有一种向眼前这个人倾诉的欲望和冲动。

他的话题又说到别的上面去，由悦来镇说到县城，又由县城说到伪满洲国统治下的吉林省……吉乃臣越说越激动，几次让郑志民插不进话去，说到激动处，他一仰脖儿把杯里的酒干了。

"郑先生，你说我们这些年轻人，该不该为国家为民族想想这些

72

事情呢?"

郑志民含情脉脉地注视着这张涨红的面孔,轻轻地说:"吉先生,不在学校里,不在人前,就不要叫我郑先生了,叫我志民吧……"

吉乃臣稍稍一愣,叫了一句:"志民,好名字啊!"

那一刻,两人心中有什么东西轻轻碰了一下,热热的叫人感动。郑志民在心里又轻轻吟道:燕双飞,燕双飞,画槛人静晚风吹……

从县城回来,周一课间操时,校长当着全体师生的面,表扬了郑志民和吉乃臣。这可是南门里小学第一次获得这么大的荣誉啊!

刚刚散了课间操,郑志民就见操场边上站着一个熟悉的人影,定睛一看是董若坤,忙跑过去:"你怎么来啦?"

"我来看看你。"董若坤看看左右这样说。

这时吉乃臣也走了过来,郑志民给若坤介绍:"这是我们学校的吉先生。""吉先生好!"若坤彬彬有礼地问候了一句。吉乃臣回了礼,然后就走过去了。

董若坤看着吉乃臣的背影,吐了一下舌头,说:"看来你们两个配合得挺默契呀。"听了这话,郑志民不觉脸红了,忙说:"你来找我有事?中午一起去我家里吃饭吧。"董若坤就答应下来。

她俩一起朝镇上走去。路上,董若坤说:"马大哥特意让我来问问吉乃臣的事儿。"郑志民说:"我觉得这个人是很有进步思想的,可以作为争取的对象。"若坤听了点点头,笑嘻嘻地说:"我也觉得这个人很正派呢!"

说话间,两人走进了郑家院子里,郑志民给先迎出来的嫂子介绍:"这是我嫂子。"董若坤也跟着叫了一声嫂子。随后又进屋给娘介绍："娘，这就是我常向您提起的董老师的女儿若坤。"香芝娘早就从女儿嘴里知道了董先生一家人，这会儿一见欢喜得不行，叫媳妇去和面，要烙糖油饼给董闺女吃。

到了中午，郑老爹也从外面卖菜回来了，若坤脆生生叫了一声郑大伯。郑老爹一听是香芝在县城上学时恩师的女儿，搓着手又走出去了一趟。不大工夫，拎回两条江鱼来。

飘香的饭菜一会儿就弄好了，一家人正吃着，外屋门帘一掀，孙汉琪走了进来。董若坤以前在学校门口见到过他，就说："姐夫回来啦。"孙汉琪看了她一眼并没说话。"我以为你中午不回来了呢。"郑志民从炕上起身。"我回家取点儿东西，钥匙没带。"孙汉琪说着，拿了钥匙，又寒暄了几句就走了。

等晚上回到家里，吃完饭，孙汉琪一边剔牙一边问她："中午来你家的那个董先生的千金，在学校里是不是进步学生？还有那姓马的是不是也分到北门里小学来了?"

郑志民听了，冷淡地说："进步学生怎么了？"

孙汉琪把剔牙的火柴棍扔掉，说了一句："我劝你以后还是少和这些人来往的好。"

"为什么?"

"这些人有反日倾向，一旦被皇军抓到了证据早晚要坐牢的，跟他们在一起是没好果子吃的。"

郑志民听了，生气地把一摞作业本一摔："那你干脆把我抓去坐牢好啦!"

孙汉琪重重地哼了一声，走进里屋去了。郑志民怔怔地站在那里，气得一句话也说不出来。

她本来晚饭后抱起一摞作业本是到另一个屋子里去批改学生作

业的，听了他的话不能不引起她的警觉。看来他是死心塌地要为日本人卖命了，想想和他同在一个屋檐下生活就让她感到绝望。

19

快入秋的一天，若坤捎信给她，马成林叫她过去一趟。傍晚她就过马成林家去了。自从那次孙汉琪盘问过她以后，她倒是警觉了，她不想在学校里和马成林他们三人有太多的接触，以免让孙汉琪察觉到什么。

马成林的家在镇子边上，房前房后是菜园子。郑志民走进来的时候，他们夫妻正在菜园子里摘豆角。真是入乡随俗，想不到大家闺秀的高明世跟马成林来到乡下，竟像当地村妇一样把菜园子侍弄得葱葱绿绿的，种的菜足够从春天吃到秋天了。

听见院门响，马成林从豆角架下钻了出来。多日不见，他瘦了，脸上呈疲惫之色。坐下后，马成林说："上面指示我们了解镇上的日伪军情况，说江北山里抗联部队急需我们帮助搞到情报。"马成林咳嗽了一阵，又说，"你留心一下你的丈夫，看能不能从他嘴里探听一些镇上日伪军的情况。再就是吉乃臣，听说你和他走得很近，他爹是伪保长，看看能不能从他爹嘴里了解点儿这方面的情况。"

"我回去试试看，不过我丈夫看来是死心塌地地为日本人卖命了，想从他嘴里了解日本人的情况是很难的。"

"那你就小心别暴露了自己，对孙汉琪你要防着他点儿。"

走出来时，郑志民对送出院外的高明世说："明世姐，马大哥总是咳嗽，没叫他去瞧瞧医生吗？"

高明世听了脸上罩上了一丝愁云，说："我跟他说过好几回了，叫他看看医生，他总说没时间，不碍事的。"

"还是抽空让他到县上查查去吧。"郑志民不放心地又叮嘱了一句。

几场霜过后，天就凉了下来，通向学校的茅草道里听不见蚂蚱和蝈蝈的叫声了，水塘里也结了一层白冰。学生和先生都穿起了棉袄、棉袍来学校。

这天早上郑志民刚到校门口，就听身后一声叫："郑先生。"

郑志民回过头去，身后站着一个面容憔悴的女人，身上的单衣补丁摞着补丁。那女人身后跟着的刘伯德，抄着袖子低着头站在那里。

那女人说："俺是刘伯德的娘，俺来是告诉您伯德从今儿起不来上学了。"

"为什么？"郑志民有点儿吃惊。

"他爹死啦。"

"啊？"郑志民这才留意到她头上戴着的一朵白花。

"咋死的？"她不禁问道，夏天还见过他爹呢。

"下窑砸死了……是被遭天杀的日本人害死的，瓦斯爆炸塌方，日本人不许下去救……我得了信去了，连他的尸体都找不到了，还被挨千刀的小鬼子打了一顿，放出狼狗来咬俺。"说着她撸起了裤脚，郑志民看到了一块红红的伤疤。

刘伯德在一旁流着泪，搀扶着他娘。

"郑先生，俺今天来不是和您说这些的，俺知道您是个好人，俺是来叫伯德给您磕个头的。"说着那母子俩一起跪下了。

郑志民急忙搀扶起两人，两人眼里噙着泪告辞离开了。

看着那对像被霜打过的母子俩的身影，郑志民的心头紧紧的，像被什么捆扎住一样透不过气来，她忽然觉得自己没有能力帮助他们了。

"小鬼子太不是人啦!"回到学校里,别的老师听到刘伯德家里发生的事,都愤愤不平地议论着。

"这亡国奴什么时候能当到头?日本人太不拿咱们中国人当人了,我们还在这里给他们当奴化同胞的工具!"吉乃臣带头撕了日语教学课本。

办公室里一时间群情激愤,直到校长跑来制止,大家才散去上课。

这天下午放学的路上,吉乃臣还在气愤地说着早上的事情。郑志民听了后说:"如果有帮助中国人打日本人的事情,你愿不愿意做?"

吉乃臣怔怔地看着她,说:"这还用说吗?你是知道我的,我现在恨不得把镇上的日本人炮楼给点把火烧了。"郑志民随后点了点头。

郑志民叫吉乃臣在家里留意点儿他爹,别净干帮着日本人的事情,将来没有好下场的。这话捅到了吉乃臣的心窝子,他说他跟他爹说过好几次了,叫他别干这个伪保长了,听听镇上人是怎么说的:伪保长,伪保长,只认爹来不认娘。郑志民又劝导他道:"你爹他也可能很无奈,你以后多注意他点儿就是了。"

一场雪过后,悦来镇一片洁白,小学校被厚厚的白雪压着房顶,老柳树枝头上落着几只黑乌鸦,"呱——呱——"叫得人发冷。

一早上班来,郑志民远远地看见吉乃臣抄着棉袄袖,戴着狗皮帽子,低头走过来。等他走近了,郑志民看他两眼红红的,一副无精打采的样子,就问他:"昨晚没睡好吗?"

吉乃臣嘴里喷着寒气,情绪很坏地说:"昨儿夜里我和我爹又吵了一架。"

"为什么事啊？"

吉乃臣气鼓鼓地说："还能因为什么事？昨儿天傍黑，我爹被尾田一雄派人找去开会，说日本人要进山打仗，要我爹赶紧给筹集军粮。我爹开完会又连夜把伪甲长们找来了，叫他们明天一早就到老百姓家去征粮。他们一走我就同他吵了起来，叫他别去祸害老百姓了。你猜他说什么？他说他也没办法，谁叫皇军催得这么紧呢！"

"你是说日本人要进山去打仗？去哪里？"这话引起了郑志民的警觉。

"听他嘟哝说好像日本人要调动镇子上的日伪军，去江北兴山一带袭击马胡子（日伪军对抗联的称呼）。"吉乃臣说。

"什么时候进山？"郑志民急迫地问。

"这个我没太听清，好像是过小年的前两天，说这个时候封山，马胡子没的吃，没的穿，正好进山去袭击……"

郑志民觉得这个情报很重要，一下课她就去了北门里小学，直接把马成林叫到校门外的一棵树后，把这个情况告诉了他。

马成林听了脸色凝重起来，说："你带来的情报很重要，看来敌人要调集周边部队偷袭我们抗联根据地了，情况紧急，我下午就去县城向董书记报告。"风吹得他的脸通红，他又不住地咳嗽起来。

郑志民关心地说："马大哥，你去县城也顺便把病查一下吧。"

马成林勉强一笑说："谢谢志民，我没事。"

伪康德三年旧历小年这天深夜里，悦来镇上突然响起了一阵爆豆子一般"噼噼啪啪"的响声，早早就关紧房门睡下的镇上百姓还以为是小孩子们放鞭炮的声音呢。等早起推开房门走到街上去，才知道昨天夜里出事了，镇上两个日伪军炮楼被一伙人给端掉了，两座被烧得黑乎乎的炮楼就戳在镇西头和镇东头白白的雪地里，显得格外刺目。听一个一早过炮楼里去做饭的伙夫回来讲，一伙镇外边来的人打死了两个炮楼里共二十多个伪军、六七个日本人，其中还有一个小队长。

早起的市民正在悄悄议论是什么人干的好事时，正街西面"德增盛"号商铺的门前传来了贾老板和他两个小老婆的号哭声："遭天杀的马胡子啊，还叫不叫我们过年了啊……"人们这才知道昨夜镇子里进来的是抗联游击队的人，"德增盛"店铺门脸的门柱上，还贴着宣传标语：打倒日本帝国主义！给鬼子当汉奸走狗绝没有好下场！

这"德增盛"铺子遭抢，大家心里都很解恨。自从日本人来到镇子上，他们一家人就对日本人大献殷勤，给日本人的大米都是上好的新米，而卖给镇上老百姓的不仅是陈年小米，还往米里掺沙子。

临近中午时，尾田大佐带着他的大队人马回到镇子上来了，他们个个身上像披着一件白铠甲，狗皮帽子上挂了老厚的白霜，冻得直跺脚，帽子鼻套下露出的青白小脸比死了爹娘还难看。

贾老板和他的小老婆还不合时宜地扑到尾田的马前，捶胸顿足地大声号哭："太君，你可要给俺们做主啊！马胡子抢光俺仓铺里的粮食……"有士兵去扯下那店门柱上的标语拿给尾田看，尾田看了一眼，吼了一声"八嘎！"踢开贾老板，带着人踢踏踢踏从街上走过去了。

这天上午到学校上班来，小学校的老师都聚在一起议论这件事，大家脸上都透着压抑不住的喜色，纷纷说："太神奇了，只一个晚上镇上就出了件这么惊天动地的大事。""太解恨啦，该给小鬼子点儿颜色瞧瞧。""听说了吗，那些人是神不知鬼不觉摸到镇子里来的，听去做饭的老孙头讲，住在炮楼里的日本人和伪军还在睡梦中就叫人给戳了窟窿啦。""啧啧，真是神啦，他们好像知道这天晚上镇上会没鬼子似的。""看来咱中国还是有救的，有这些绿林好汉就不怕赶不跑这些东洋倭寇了。"

大家兴高采烈地议论着，好像要把多日来憋在肚子里的晦气一下子都吐干净似的。郑志民一边听着同事们的议论，一边也在心里纳闷，抗联游击队不是在江北躲避日军的大规模扫荡吗？怎么一夜之间在悦来镇上出现了抗联部队呢？

这天晚上她过马成林家去，马成林一见到她，就兴奋地告诉她："没错，昨天夜里来镇上袭击敌人的正是咱江北过来的抗联游击队。他们不仅打了一个漂亮仗，震慑了镇上的日伪军，而且打开'德增盛'的店铺，给部队解决了越冬急需的粮食、棉花、布匹，有了这些物资，我们抗联部队就可以在山上越冬了。"

郑志民兴奋得满脸通红，说："真是太好啦！"

"你知道吗，这次的事儿还有你的功劳呢。"

"我？"郑志民一愣。马成林接着说："董先生接到你打听来的情报就连夜派人到江北去了，抗联部队领导一接到情报就分析说，敌人这么不惜余力地调动部队进山，城里和周边的乡镇肯定会空虚。他们就决定绕下山来打悦来镇，这样既摆脱了敌人的这次进山'围剿'，又能为部队解决一下越冬的物资。可谓是一箭双雕。当天夜里咱们的队伍二百多人就出发了，过江从双鸭子山抄过来，尾田带着他的三百多人在头天就过江北去了，结果他们的人扑了个空，我们的人却回头端了他的老巢，打了个大胜仗啊！组织上还决定表扬你呢。"

听了马成林的话，郑志民激动地站了起来，她没想到自己送出去的情报会有这么大的作用，她终于能为党、为组织做些贡献了，这是多么让人欣喜的事情啊！

马成林看她高兴的样子，又嘱咐说："敌人这次吃了大亏，一定会想到是有人把他们行动的风声走漏给抗联的，所以你回去后，要告诉吉乃臣，千万不要把他从他爹嘴里听说的事情对别人讲，还有你也要多加小心，你家那个警长也会起疑心的。"郑志民点点头。

刚才一进来就闻到一股药汤子味，这会儿高明世正从外屋端进一个药罐来，郑志民不由得问道："马大哥你的病检查啦？什么病？"

马成林脸上略略一沉，高明世替他说："去查过了，是肺结核。"

郑志民问："要紧吗？"

马成林说："不碍事的。"

"那马大哥你要好好养病，别太累着啦。"

"没事，这学校不要放假了吗，我会好好休息的，别担心我。"高明世轻轻叹了一口气，催他把药喝了。郑志民就站起来告辞了。

第二天放学回来的路上，郑志民跟吉乃臣说了马成林叮嘱过的话。吉乃臣愣愣地问为什么，郑志民说日本人这回吃了大亏，一定会追查谁走漏了消息，说出来会对你爹不利。

吉乃臣还是不太明白地看看她。过了一会儿，吉乃臣突然停下来问："郑先生，你是不是江北那边的人？"郑志民听了抬起头，略略迟疑地摇摇头，而后又说："这种抗日的事情是每个爱国的中国人都会做的。"吉乃臣不作声了，两个人踩着脚下的雪"嘎吱——嘎吱——"走回去了。

20

正如马成林所预料的那样，日军守备队大佐尾田一雄吃了大亏后，开始调查是谁走漏了去兴山"剿匪"的风声。他把伪军大队长于琛澄、伪警察署长冯占一以及伪保长吉丙乾都找了去，严厉训斥了一通后，要他们查找出镇上"通共"的人。

一时间，悦来镇被伪警察、宪兵特务们弄得鸡飞狗跳。家家户户这年春节都过得不消停。伪警察、便衣特务天天上门来查户口，看看有没有可疑的外来人员，弄得都没有人敢走亲戚了。而对镇上那些有抵日情绪的人，他们更是不放过蛛丝马迹，特别是对镇上的那些读书人，警长孙汉琪还在两所小学放了眼线。他自己也以去找妻子为名，偷偷听过几个教员讲的课，特别是吉乃臣的课。

其实这么长时间以来，孙汉琪对郑志民下班后老和吉乃臣走在一起，早就起了疑心，只是他还一直没有抓到什么把柄。

抗联偷袭悦来镇的那天夜里，他没在镇上，他随着尾田的大队人马进山去了。回来的当天晚上，他就话里有话盘查过郑志民，找不出什么破绽，他又把视线转向了吉乃臣。吉乃臣除了教体育课外，自从那日他跟校长讲不教日语课后，就改教了历史课。

这天一下课，孙汉琪就尾随着吉乃臣进了老师办公室。他盯了他一会儿后，冷冷地问道："吉先生和亲共抗联分子有联系吧？"

吉乃臣也冷冷地问道："何以见得？"

孙汉琪说："你常向学生讲清朝政府与外国签订不平等条约，鼓动中国人打外国人，这就是证明。"

吉乃臣说道："清政府腐败无能，八国联军占领北京都不敢抵抗，还和人家签订条约，这是一些历史常识。我作为一个教历史课的教员，难道不该向我的学生讲这些吗？"

孙汉琪说："你这是借古论今，煽动学生反对日本皇军！"

吉乃臣冷冷一笑："我没那个意思，也没想煽动学生，这是孙警长高抬我，我可承受不起。"

孙汉琪怒道："从今往后不许你再讲这些！"

吉乃臣问道："请问孙警长，你是中国人还是外国人？"

"你什么意思？"孙汉琪一愣。

吉乃臣缓缓说道："难道中国人要忘记自己的祖先吗？连中国的

历史都要忘记了吗？那我们是不是该把这'满洲国'的学堂也关闭了呢？"

下了课的老师都围过来，郑志民也夹在人群里面，孙汉琪扫视了周围一眼，恼羞成怒地说："好你个吉乃臣，我说不过你，咱们走着瞧！"说着拨开人群，气急败坏地走了。

这次和吉乃臣正面交锋后，孙汉琪一想到这个和自己媳妇走得挺近乎的人，就气得心里发痒。虽然他也知道吉乃臣不可能是共党分子，可也要杀一杀他的傲气。凭他的言论是可以治他个敌对皇军的罪名的，可要动吉家，凭他的实力还不够，必须仰仗他的上司冯占一。

往年到年根的时候，他都要给冯胖子送礼，今年也不例外。腊月二十九这天，他和他爹孙甲长一起去了冯胖子家。今年送的礼盒里比往年多出了一根金条来，这让冯胖子的两只金鱼眼笑成了一条缝。借这机会，孙汉琪说出了自己心中的猜疑，他怀疑是吉乃臣把皇军行动的风声走漏出去的。

冯胖子一听，惊问道："有什么证据？"

孙汉琪说："目前还没有抓到证据，不过吉乃臣在学校里常散布反满抗日言论。"

冯胖子思忖了一下说："这件事还是要有证据的好，皇军知道了可是要杀头的。"

"属下明白。"孙汉琪立正道。

这时他爹孙甲长凑到冯胖子耳前说："犬子还望冯署长多多提携啊。"

冯胖子松弛下了脸上的皮肉，眯缝着笑眼说"好说，好说"，就送孙家父子走出宅院去。

孙家父子走后他还在想，谁都知道吉家在悦来镇上的势力，跟皇军来往得也很近，他刚从外边调到悦来镇来当署长，深知强龙压不过地头蛇的道理，何况吉保长在镇上方方面面打点得十分周到，他才不会触这个霉头呢。

大年初二这天上午，吉保长也来给冯占一拜年了，还给冯胖子送来了两根金条。冯胖子心里这个乐呀，今年过年是怎么啦？往年吉保长和孙甲长来只是提着礼品盒，最多是好一点儿的绸缎，今年倒好，都送了黄牛。吉保长作过揖后，说："今后镇上的治安还得仰仗冯署长多多关照。"冯胖子说："哪里，哪里，有吉保长在冯某人就放心了。"

刚过初三，孙汉琪就带人在镇子上忙活了起来。他还告诉郑志民没事待在家里别出去，如果回娘家就跟他打一声招呼。有一次她自己回娘家，刚走到家门，就见街面上闪过一个农民打扮的身影，这引起了她的警觉，后来她才想起来，这个人是孙汉琪的一个手下。还有一次，她中午从外面回家时，看见孙汉琪正在翻她的书箱子。看来孙汉琪对她越来越不放心了。

多日不出门，这天高明世过来看她，她就把孙汉琪现在的情况说了，要高明世立刻转告马成林。两人正说话的工夫，孙汉琪回来了。等高明世走了，孙汉琪瞅瞅窗外阴阴地跟她说："你还跟这些人在一起打连连，不要命了吗？"郑志民心里一惊，看来他在马成林家也布置了监控。

"你到底想要怎样？"

"不是我想要怎样，是皇军想要找出镇上的亲共抗日分子。"

"你这样为他们卖命，就不考虑考虑将来会有什么下场吗？"

"我管不了那么多啦，我看倒是有人活腻了。"孙汉琪悻悻地威胁地说，他又火烧屁股地提着盒子枪走出门去。

正在郑志民为如何摆脱孙汉琪的监控而苦恼时，一件意外的事叫她松了一口气。正月过后，孙汉琪被调到富锦去任职了。

原来春节过后，警署要提升一名警尉到离悦来镇一百多里远的富锦镇警察所去任职。冯胖子就做了个顺水人情，提升孙汉琪过去，也是想缓和一下吉家和孙家的矛盾。

孙汉琪准备去富锦上任了，临走时，他对郑志民冷冷地说："你要好自为之，等我过那边安置下来，你也要跟学校申请调到那边去。"

21

燕子在春天飞回到了老郑家的房檐下，叽叽喳喳叫着。去年孵出的那对小燕子已经长大了，老燕子老了。天气一天比一天暖和了，不多时日，学校就开学了。

郑志民的心情也像融化了的江水渐渐好了起来。操场上，一个学生折了根柳条做"叫叫"吹。郑志民听着出神，她想起了小时候，那时也常跟在表哥身后去江边折柳条做"叫叫"，表哥做的又粗又大，吹起来声音响亮极了。已经太长时间没有见到表哥了，他怎么样了呢？

下午放学后，董若坤来找他，叫她晚上去马成林家一趟。吃过晚饭她就过去了，一进院子，就看见正在菜园子里忙活的马成林，马成林放下锄头领她进屋。高明世坐在炕上忙着做一件小孩子的衣服，见她来了，就笑着招呼她。

郑志民好奇地凑过来，问："给谁做的？"

高明世脸红了，不好意思地说："我有了。"

"真的吗？你要做妈妈啦！"郑志民真诚地祝福着，她真为他们俩高兴呀。

马成林经过一冬天中药的调理，脸上的气色也不错。他告诉郑志民："你前一阵托我打听你表哥的情况，我打听到了，他去江北投奔抗联部队去了。"

"是吗？"

"嗯，他是经过地下党组织批准到部队上工作的。"

"那太好啦！"她充满羡慕地说。

"不过这事你还不能和你表姑妈家里人说。"马成林嘱咐道。

郑志民点了点头。

从马成林家走出来，夜幕下的洼地里响起一片蛙鸣，星星在夜空中眨着眼睛。调皮的晚风吹乱了郑志民的发丝，就像她此刻的心情。好友高明世要生小孩了，表哥终于如愿以偿到部队上去了。还有马成林告诉她的——这一年三江地区的抗日形势发展得很快，抗日队伍正在壮大。松花江江北汤原一带有赵尚志领导的抗联三军、夏云阶领导的抗联六军，江南牡丹江一带有周保中、柴世荣领导的抗联五军，还有不少支抗日义勇军山林队在投奔抗联部队。各路抗日联军已建立起了自己的抗日根据地，依托松花江、茂密的张广才岭、小兴安岭狠狠地打击了日寇和伪军，让关东军损失惨重。这些大好的消息，让她既感到振奋，又感到怅惘。她想起了她自己，什么时候自己才能挣脱这家庭的牢笼，能像表哥一样奔赴到山里去，融入那滚滚的抗日洪流中呢？

这两天在学校里，郑志民发现吉乃臣的脸色很不好，放学的路上郑志民问他是怎么回事，他就吞吞吐吐说他父亲近来和一个日本商人走得挺近。那个日本商人是佳木斯街上仁丹堂大药房的老板，常到镇子上来收购药材，他父亲跟这个日本商人好像有生意上的来往。他劝父亲不要和日本人做生意，可父亲根本就不听他的。

"不过是个日本商人，不会叫你爹做出什么伤天害理的事情来的。"郑志民安慰他。

"可我不喜欢他和日本人有任何来往，你听到镇上人是怎么骂他的吗？说他是高丽奸加汉奸保长。"吉乃臣长长地叹了一口气，又说，"真想离开镇上。"

"你想到哪里去呢？你能到哪里去呢……"郑志民喃喃地问道。

"我有个叔叔在奉天开商行，他头一阵来信叫我过去帮忙……"

"乃臣，你不是想学安重根吗？"

"是呀，可是哪里有这样的机会呢……"

郑志民沉默了下来，关于吉乃臣的事儿，她上次就跟马成林说过，要把他发展进组织来。可是马成林说再等等，他毕竟是伪保长的儿子，为了组织安全起见缓一缓时机再发展。

她又进一步试探着说："如果有了这样的机会，你会义无反顾地去吗？"

"当然会的，我早就想离开这窝囊受气的镇上，到外边去做一些抗日的事情。"吉乃臣看了看她。

郑志民心里一动，脸色发红地说："我也想离开镇上，离开这个家，到山上找抗日队伍去，和敌人扬眉吐气地干。"

"真的吗？那我们想到一块儿去了，志民，我们一起离开学校上山去找他们吧。"吉乃臣热辣辣的眼神看着她。

此时，郑志民多想向他挑明自己的身份啊，可是没有组织的许可，她是不能这么做的，她的一切行动都得听从组织的。

"可是……我们还不能这么一下子走了，我们还要等机会，还要把家里的事情和学校的事情安置好。"郑志民只好这么说。

那双热切期待的眼神暗淡下来："你还有什么顾虑，你还放不下那个给日本人当狗的丈夫吗？"

"不，不，绝不是因为他，请你相信我。"郑志民急忙说。沉默了片刻，她又温情脉脉地对他说，"乃臣，你相信我说的话吗？"

吉乃臣看着她的脸点点头："我相信。"

"我想一定会有这个机会的……"郑志民郑重地点点头说。

本来把吉乃臣发展进组织里来的事她是想等组织同意的，可是吉乃臣现在的情况让她实在不能再等了。晚上，她来到马成林家，把事情跟马成林做了汇报，她特别提到了吉乃臣的父亲跟那个日本药商来往让他不满的事。哪知马成林听后，眼前一亮。他说佳木斯地下党刚接到上级交给的一项重要任务，急需给山上部队搞一批药品，说春季连续对敌作战，部队伤员增多，药品短缺。有的战士因为没有药品救治，眼看着牺牲了。而药品又是被日军严加控制和封锁的，在桦川县城里每家中国人开的药铺里白天都有便衣特务在那里监视。山上派下来的人和地下党组织想尽了办法，还是无法搞到药品上山。这回听到郑志民说起这个情况，马成林觉得简直是天赐良机。

他把自己的想法和郑志民说了，让她去找吉乃臣，利用他父亲和那个日本药商的关系，看看能不能设法搞到一批药品，并说："这个事如果他答应了，你可以亮明你的身份，这件事也是对他的一个考验。"

郑志民听了后说："好，我去跟他说。"

第二天一得空儿，郑志民就找了个没人的地方，跟吉乃臣说了这件事，问他肯不肯帮他们这个忙，吉乃臣想了想就答应了……随后郑志民就向他说出了自己的身份。

哪知吉乃臣听了并没有惊讶，而是平静地说："其实去年镇子上的炮楼遭到突袭，我就猜到你和山上的人有联系……"

郑志民听了这话，心里又畅快了很多，她问："这事儿你爹会不会看出什么破绽啊？"

吉乃臣摇摇头，说："不会的，我正好有个中学时的同学在奉天开药铺，前两天还来信说听说我父亲和日本药商有关系，想采购点儿药品呢。"

郑志民就放心地点点头。

第二天一上班，吉乃臣就悄悄告诉她："我爹答应了，还写了一封信给县城的日本药商加藤，说我的同学前去购买一批药品，务必请帮忙。"说着把信放在郑志民的手里，马上离开了。

郑志民把这封信收藏起来，一下班就去了马成林家。

马成林看了信后说："太好啦，我明天一早就进城把这封信转交给老董，但愿事情会办得顺利！"

接下来的一天，郑志民都是提心吊胆的，吉乃臣的父亲会不会反悔呢？那个鬼子药商会不会把药提给前去买药的吉乃臣的"同学"呢？

第二天下午一下课，她又去了马成林家，一进屋便急不可待地问道："药搞到手了吗？"

马成林叹了口气，说："我们化装成外地药铺老板的同志去仁丹大药房提药时，那日本商人倒是很痛快地给提了，不过在出城门时，被一队日本宪兵拦下，药品都被扣下了，人也要被带到宪兵队里去审了……"

郑志民心提到了嗓子眼儿，紧张地等着马成林说下去。

"正在这时，一个伪保长模样的中国人和那个日本药商慌慌张张地跑来了，对我们那个同志说，关老板你着急走什么走，来了不说到我那儿去坐坐喝杯茶，我还有事跟你说呢。我们那同志一愣，也顺嘴说家里急等着这批药卖呢。这工夫那个加藤同日本宪兵队长叽里哇啦讲了一通，宪兵队长就挥挥手叫放行了。"

郑志民长出了一口气，嗔怪地说："你呀，要吓死我了！我还以为行动失败了呢!"

马成林也笑着舒了一口气,又略觉诧异地说:"事后我和老董都觉得挺蹊跷的,吉保长为什么帮我们呢?而且他是怎么预料到我们的同志出城时会遇到麻烦,还特意赶到县城去解救的呢?"

"是啊,这事是挺奇怪的,要不我找吉乃臣问一问他爹?"郑志民说。

马成林思索了一下,说:"不用了,这是有组织纪律的,即使是我们的人,为了同志的安全,不发生横向联系的,也不要知道对方的身份。"

这件事成了郑志民心中的一个疑团。后来郑志民和吉乃臣一起投奔抗联五军,在第二年吉乃臣牺牲后,她才从组织那里获悉吉乃臣的父亲吉丙乾也早就是秘密为地下党组织工作的人,这个疑团直到那时才从她心里解开。

22

孙汉琪调到富锦当警尉后,半个月回来一次。一次他回来,又看到郑志民和吉乃臣放学后一起回来。回家后,他脸色怪怪地说:"你好像和姓吉的越走越近啦。"见郑志民没理他的话茬,又说,"小心别惹急了我,我到皇军那里告他去,大家谁都别想有好日子过。"郑志民听了这话心里一震。

就在五月份回来的那次,他就跟郑志民说,他那边已安置妥了,叫她赶紧办手续,调到那边去教学,并说他已跟校长和教育署打过招呼了。

他这么急着催她调过去,有点儿出乎郑志民的意料。他走后,郑志民匆匆去找马成林商量对策。如果她跟孙汉琪到富锦去就脱离了组织，而且孙汉琪到了那边会把她看得更紧；如果她拖着不去，说不定她的身份就会暴露。

马成林和高明世听了都很着急，马成林问她："你个人有什么想法？"郑志民说："我想到部队上去，跟孙汉琪彻底脱离家庭关系。"马成林听后，说："这事我得请示一下上级，你等我信儿吧。"

第二天傍晚，郑志民又去马成林家。马成林一见她，就高兴地说："你赶上了好时机啊！昨天听老董说，正好他前一阵接到下江特委转来的周保中军长的一封信，部队需要一批知识分子去工作，让我们选送一批好苗子过去。"

"太好啦！什么时候走？"郑志民兴奋地站起来问。

"还得等一阵儿，一是得等交通员下山来，二是得想怎么把你送出去才能不暴露。老董建议为稳住孙汉琪，你先去县教育署把调动关系办了。"

"那好，我明天就去办。"她说，"顺便我也想去见见董老师。"

这一夜，郑志民激动得躺在床上久久无法入睡，组织上批准她上山到部队上去了，她就要告别这里的地下党同志们了。董先生是她第一个想见的人，他和师母不仅是她的上级领导，还是她的启蒙老师和人生的领路人啊！一直到天将拂晓，窗户发白时，她才眯了一觉。

早上去学校时，她跟校长说明了情况。因先前孙汉琪打过招呼，所以校长很痛快地同意了，然后她就坐马车去县里办手续。

下午回来时，她要调到富锦去的消息就在学校里传开了。

下班的路上，吉乃臣拦住了她："郑先生要走了吗？"

郑志民点点头。

"郑先生要去富锦做舒服的警尉太太去了？"

她听出了他口中的讥讽，等四下没人时，就小声问他："你还想去山上投奔抗联打鬼子吗?"

吉乃臣一愣,而后迟疑地点点头:"当然想……"

她压低声音说:"我上山去参加抗联的事组织同意了,我也正想要求组织上把你也一起带上山。正想找你和你说这事呢。"

吉乃臣愣愣地看着她。看看没有人过来,她又和他耳语了几句什么就在头里先走了。

晚上她又过马成林家去,说出了她这两天考虑的一个想法,她想把吉乃臣也带上山去。马成林听后说,经过这么长时间的观察,这个人是可以加入我们抗日组织的,只是我还得向上级请示一下。郑志民点点头。

郑志民的调令下来了,可马成林那边的答复还没下来。郑志民等得心焦,她担心迟迟不去富锦,孙汉琪肯定会怀疑。马成林就传话给她,让她先去富锦,等有了信儿再找个借口回来。

这天上午,郑志民给学生们上了最后一课。学生们知道她要走了,就纷纷问老师什么时候还回来。郑志民深情地望着这群可爱的孩子,在黑板上写下了"恨别花溅泪,重逢鸟欢心"两句诗。离校时,全班学生流着泪把她送出校门外。

在放学常走的那条道上,她等到了吉乃臣,看看四下没人时,她说她得先去富锦,以免引起孙汉琪的怀疑,等这边一有消息她就找借口回来。她叫他安心在这边等消息,别引起别人的注意。

吉乃臣点点头,也叮嘱她过那边一定小心,别让那人察觉了。看到吉乃臣这样担心自己,她心里一阵感动。快到家门口时,时候已经不早了,两人这才依依不舍地分了手。

下午她就坐着轮船从江沿码头去富锦了。

郑志民走了不到一个月,董若坤叫郑殿臣捎信叫她回来,说家里有过冬的衣服让她带去。郑志民一接到家里捎来的信,就匆匆赶了回来。

郑志民一进家门，就看见董若坤正坐在她家的炕上吃她娘炘的苞米。董若坤看到她先向她使了个眼色。郑大娘拉着香芝的手直说："俺闺女瘦啦。"左看看右瞧瞧不撒手。若坤就说："干娘你这是有了亲闺女不要俺这干闺女啦？"郑志民听了一愣，娘何时认了若坤做干闺女？

原来郑志民走的这段日子，香芝娘想她想得不行，老太太也看出来女儿婚姻不幸福，担心她跟孙汉琪去了富锦受委屈。偏巧若坤这段日子常来家中看望大娘，看老太太这样思念香芝，就想香芝要是走了可怎么办呢，就这么跟大娘说拜她为干娘，以后天天到家来看她。香芝娘自然是十分高兴了，还把一只玉坠给了若坤。

此时，听若坤这样一撒娇，郑大娘果然松开了香芝的手。若坤赶紧拉着郑志民的手，走进了小屋里。

"怎么样？"一关上门，郑志民就急急地问。

"马大哥叫你晚上到他家里去，上面来人啦，可以带你上山了……"

"那吉乃臣呢？"郑志民胸口一阵乱跳。

"上边也同意他一起上山啦！"看她这样着急，若坤不忍心再逗她了。

"香芝姐，我多想和你们一起走啊！到山上去加入咱的队伍，扬眉吐气地和鬼子干。"若坤羡慕地说。

郑志民听了，拉起她的手攥了攥，小声说："若坤啊，以后在敌人眼皮底下活动越来越难了，随时都有危险的情况，你要向马大哥学习，多加小心啊！我们这一生都交给党了，在哪里干都是为了挽救我们可爱的祖国。"她说着，眼圈红了起来。是啊，马上要与若坤、马大哥、明世姐还有朝夕相处的父母、兄嫂分别了，这一走说不上什么时候才能回来，她怎能不百感交集呢？

下午，她俩一起去了马成林家。多日不见，马大哥又消瘦了，还有些咳嗽。高明世挺着大肚子给她俩倒水。一坐下，马成林就说："来，我们商量一下你们怎么走才不会引起敌人的注意。"

郑志民说："我可以说我回富锦去了，吉乃臣我倒听他前一段说他叔叔来信想叫他过奉天去帮忙做事，可不可以用这个名义出走？"

马成林说："我看行，你叫他先你一天动身，然后你们两人在董先生家中和交通员会合……只是过两天你丈夫发现你没到富锦后，一定会和宪兵队特务追查你的去向，如果查出来你去投了抗联，他们是不会放过你们一家的。"听了他的话，大家都沉默下来。

过了一会儿，若坤跳起来，兴奋地说："我倒有个好主意……"
"快说说。"马成林催促她。

"嗯，就说他俩私奔了，敌人就不会查了……"若坤瞧着他俩。

马成林听了眼睛一亮，说："这个法子行，可以转移敌人的注意力。只是你的家人会遭镇子上的人议论，孙汉琪也会来找你家麻烦。"

郑志民想了想，说："为了抗日救国，只能如此了……"

当晚，郑志民就打发一个学生去吉乃臣家把他叫出来。在镇外那条他们常走的草甸子小道上，吉乃臣一见到她就喜出望外地奔过来。这一个月来日思夜想的身影一站到眼前，两人都激动得有点儿说不出话来，夜幕里瞪大眼睛打量对方熟悉的脸庞。

"志民——"

"乃臣——"

他们俩发烫的手紧紧地握在一起，彼此能听到对方的心跳。

"志民，你知道我有多担心你，我怕他知道你的身份再也不会放你回来，我怕我们上山的计划会落空，你走的这些日子，我简直是度日如年。"

"我也是，乃臣，在那边我无时无刻不在想着你，在想着我们的同志什么时候才能把上山的消息带下来。甚至做梦都梦见过我们一起上山了，我们一起参加了打鬼子的战斗……"

"真的？"

"你知道我在那边最担心的是什么？最担心的是我夜里睡觉时，说梦话被那个人听到，这下好了，我们终于可以走成了。"欣喜和激动再次让她的眼睛湿润和发亮。

当听到郑志民说出上山找抗联的计划后，吉乃臣更是压抑不住惊喜和激动。他在黑暗中瞪大眼睛，兴奋地说："我们后天就走？"

郑志民点点头："对，记住，两天后我们在佳木斯西门外会合。"她把手上的一个小字条递给了他，"这上面有地址。"

"好的，我记下了，明天一早我就动身，真是太好啦！"

两日后，北门里小学校园里静悄悄的。阳光暴晒在白晃晃的操场上，知了在柳树荫里叫个不停，空荡荡的教工宿舍里空寂无人。郑志民和马成林、董若坤约好要在这里告别。

一会儿，马成林拿着一支笛子先进来了，接着郑志民和董若坤拎着皮箱行李也走了进来。马成林见到她，不知是因分别在即的激动，还是病情加重了，他脸色潮红，不断咳嗽着。他就斜靠在炕上，把手里的笛子递给郑志民留作纪念。董若坤也送给她一只口琴。郑志民收下后，把准备好的一支钢笔和一本书拿出来，把钢笔送给了马成林，把书递给了若坤。若坤叫她写几个字，她就在书的扉页上写下了——两山不能移，两人能见面，盼那天，相逢日，祖国换容颜！

分别在即，三个人的心情是复杂的，好像有许多话要说却不知从哪儿说起。

"志民，你走后不要惦记我们和家里，敌人要追查起来，我们会按计划说的……我和若坤也会常去看望郑大娘。"马成林咳嗽了一阵后说。

"马大哥，我只希望你的病能早日好起来，明世姐要分娩了，需要你的照顾，你一定要把病治好啊，大家都需要你。"郑志民眼里噙着泪说。停了一下，她又转向若坤："若坤妹妹，别哭呀！明世姐身子不方便，你要督促马大哥去看病，他现在太虚弱了。家里面，我只放心不下我娘，找不到我她会上火的，你有空多代我去看看她……我想用不了多久，等胜利了，我们就会见面的！"若坤控制不住自己，泪如泉涌地和郑志民紧紧地拥抱在一起。

时间不早了，他们三人走出了校园，顺着一片庄稼地向江沿轮渡码头走去。快走出那片庄稼地时，郑志民说："你们不要往前送了，免得碰见熟人。"

他们听了就住了脚，郑志民接过行李箱，转身挥了挥手，顶着日头走去了。"志民姐，一路多保重！"若坤喊了一声，志民回过头笑了笑。

想着就要在佳木斯和吉乃臣会合，昨天她已知道他借口去沈阳顺利地离开了悦来镇，心里就激动得怦怦跳。她不由得加快了脚步，很快，她的身影消失在地头边的苞米叶子里。

23

郑志民走了两星期左右，这天下午，北门里小学校长慌慌张张地把董若坤找去，指着办公室里来的那个西装革履、梳着油光发亮大背头的陌生人说："这位是三江日报的记者何先生，想找你……"

96

没等校长介绍完，那位记者先生竟抖出不寻常的傲慢来，拉着腔调说："对不起，董先生，我特地从佳木斯赶来，访问有关南门里小学教员郑志民失踪的事儿，听说你俩是同学，关系还很密切？"

董若坤心下就明白了，平静地回答道："不错，我们是同学。"

这位记者狡黠地眨着眼睛，突然问道："那么你一定知道她到哪里去了！"

董若坤依旧平静地回答道："两周前，她回富锦她丈夫那里去了。"

何记者皱了皱眉头，凶狠地盯着董若坤一字一顿地说："她根本没去富锦。"

董若坤故作惊讶地问："没去富锦？那她去哪儿啦？"

"这正是我想问你的！你倒问起我来啦。"何记者诡谲地盯着她，啪地拍了一下桌子，吓得一旁站着的校长身子一抖，面如白纸，不知如何是好。

屋里冷场了几分钟，这位何记者见恫吓不住一位弱小的女教员，便变换了口气，拉着长音说："董先生，您可知道他们的夫妻关系如何？"

董若坤冷冷一笑，说道："他们夫妻很好啊，不然为什么要往一起调呢？不过这只是我的看法，他们夫妻关系如何，外人是很难知道底细的。"

这个狗东西没想到竟碰了一鼻子灰，又东拉西扯地盘问了一会儿，就灰溜溜地滚蛋了。

当天晚上，董若坤就把白天的事儿向马成林做了汇报。马成林听了冷静地说："这个狗东西打着新闻采访的幌子，实际上是为特务机关刺探地下党和抗联情报的。他可能还要来，你得沉住气，按照咱们原定的计划，发动教员制造舆论，来个鱼目混珠，对付这个王八蛋！"

果然不出马成林所料，过了两三天，那个狗特务记者又来到了学校。

他让校长叫来董若坤，煞有介事地翻着采访本说："董先生，根据我掌握的材料，你肯定知道郑教员到哪里去了，你如实讲出来吧。"他斜了一眼又说，"这次谈不好，我们就会用另一种形式找你谈话啦。"说着，他打开记者证递到董若坤面前，用手指着"凭此证可逮捕政治犯"的条款，阴沉地盯着董若坤的脸。

面对这个狗特务，董若坤压住蹿到胸口的怒火，平静地说："我不知道你们到底要我说什么，知道的我已经说了，不知道的我也不能去瞎编呀。"

屋里又静寂了几分钟，这个狗特务沉不住气了，忘记了记者的身份，突然吼叫起来："你为什么不说话了？她到底去哪儿啦？"

看他黔驴技穷的样子，董若坤心里轻蔑地笑了，更加镇静下来，对他说："何先生，郑先生在校时确实和我很要好，可是她现在去哪儿了，我也很奇怪，也很惦念。我去她家看她母亲，她母亲急得眼睛都要哭瞎了。"顿了顿，她像下了很大决心似的看了校长一眼说，"事情既然如此，我就说说我的看法，如果能找到她也免得她母亲和我们惦记。"

何记者一听，眼睛亮了起来，忙打开本子殷勤地说："董先生，请仔细讲。"

董若坤说："这一阵子我去他们学校，背地里听到不少人在议论她和吉先生的特殊关系，连高年级的学生也说常见他俩在一起，样子很亲近。我和郑先生关系不错，也觉得她和吉先生的关系超出了一般同事。"她看这个狗特务已中计，正低头紧记着，便滔滔不绝地编起了瞎话，"上回记者先生来时，我怕说出这件事对不起我这个朋友，而且我的脸上也不光彩。"她停了一下，又装出很难受的样子说，"我想她八成是和吉先生一起走了，不然怎么吉先生偏偏在这个时候去奉天了呢？不过，请记者先生千万别说这是我说出来的。"

这个家伙合上了本子，就匆匆地和校长走了。几天后，伪《三江日报》上一连三天登出了题为"悦来镇女教员×××桃色一束"的稿子。

在伪《三江日报》登出消息之前，郑志民离家出走的事儿就在镇上传开了。孙汉琪带着两名警察匆匆从富锦赶了回来，想向郑家兴师问罪。可一进郑家院子，他就听见郑大娘在屋内哭天抹泪，媳妇张淑云劝也劝不住，说老太太已两三天没吃东西了。郑庆云蹲在外屋地上一个劲儿地唉声叹气，嘴里的烟袋锅子一口不罢一口地吸着，就连郑殿臣也不去上班了，愁云满面地劝劝这个又劝劝那个。大家看见孙汉琪进来理也没理他，甚至脸上还有迁怨之色。孙汉琪便知郑家人真的不知郑香芝去哪里了，就带着两个警察回去了。

过了两天，孙汉琪见到了伪《三江日报》上的消息，又气势汹汹地找到郑家来，他把报纸摔到郑殿臣的面前，吼道："她竟然和姓吉的私奔了，你、你们郑家给我个说法吧！"郑大娘一听，差点儿背过气去。

郑庆云觉得老脸无处放，蹲在地上抬不起头来。只有郑殿臣冷静地盯着他，说道："我妹妹为什么跟人跑了，你是她丈夫咋不知道呢？那个姓吉的是你家的邻居，你咋不管他家要人呢？"

孙汉琪听了，悻悻地住了嘴。早上他是想去吉家要人的，可是被他爹挡下了，他爹不想让事态扩大，把老孙家的脸丢光。他只好愤愤地和郑庆云说："你的闺女不安分，我只好休了她，你要给我出个离婚字据。"

郑殿臣就代父亲给他写了个字据，孙汉琪拿了字据就灰溜溜地走了。

　　自从郑志民走后，董若坤已来过郑家两趟了，这天她又来到郑家，见干娘还在哭着，就编出了一番话安慰她说："我有个同学，前些日子在沈阳看见香芝姐了，香芝姐还捎话给您，说她一切都好，不用惦记。"

　　郑大娘听了就不哭了，拉着若坤的手说："你以后要常来干娘家，我看到你就像见到香芝一样，心里还好受些。"说着眼泪又流了出来。

第 三 章

24

却说郑志民和吉乃臣拿着董仙桥写给吉东省委和抗联二路军总指挥周保中的信，跟着交通员辗转几日来到勃利县，联系上了当地地下党负责人易恩波，并躲藏在他家中，然后再由易恩波引导去宁安一带山里找吉东省委。

这个易恩波的公开身份是一家当铺的老板，此人四十岁左右，看上去十分精明。他看过董仙桥的信后，对他俩说："日本人这两天查得严，你们在这里住两天再走吧。"他俩就点头应承了。

这天下午易恩波回家，带了一份伪《三江日报》，他用手点了一下上面一则消息，说："这个你们俩看看。"两人拿过报纸来一看就明白了，上面写着"悦来镇女教员×××桃色一束"：悦来镇小学教员吉××和郑××，私通出走，下落不明云云。"看来你们两个得把名字改改了。"易恩波建议道。

两人也表示赞同。郑志民从她的黄皮箱里翻出那本随身带的《全唐诗》来，一边翻一边想。

这边吉乃臣也冥思苦想了一会儿，说："我就叫周维仁吧。我外祖父家姓周，维仁，维戴仁人志士之意。"

不一会儿，郑志民也想好了自己的名字，她给自己取名叫冷云，取自唐诗中一句"冷云虚水石"。

易恩波听了这两个名字连连说好。

三天后，易恩波带他俩进山了。周维仁化装成他的伙计，而冷云则装扮成他的表妹，随他走一趟亲戚。

终于要见到自己的队伍了，他俩显得很兴奋。此时他们两个年轻人像一对冲出牢笼的小鸟，一路上没人时叽叽喳喳说个不停，充满了对未来的憧憬和希望……

而易恩波则显得沉着冷静。他戴着一副墨镜，一路上很少说话，经过的几个关卡都被他很顺利地应付过去了。

正是秋高气爽的天气，风吹得山林中的柞树叶、桦树叶、榛条叶哗哗啦啦直响，那些晃动的树叶，仿佛在交头接耳地说着悄悄话……落在后面的两个人时而小声说着话，时而又紧走几步赶上去。

一路上，冷云脑子里不时浮现出临离开佳木斯董仙桥家时师母李淑杰对他俩说的话："你们两个进山后就成为革命同志了，山里的生活是很艰苦的，希望你们两个在今后的日子里真正成为互相关心、互相照顾的革命战友，我等着你们的好消息。"师母的心意她当然是明白的呀。

想到这里，她脸上不由得悄悄浮现一抹儿红晕，偷偷打量了身边这个人一眼，他正满头大汗地帮她提着黄皮箱紧跟在她身边。走上坡过沟坎时，他还伸出手来拉她一把，那手被他攥在手心里有一种暖暖的说不出的感觉，就不觉得累了。

冷云又想起了昨天夜里，她睡不着觉，一个人走到院子里胡思乱想时，吉乃臣走到她的身边，问她："你怎么还没有去睡？""我睡不着……你呢？""我也是。""想家吗？"他又问她。"有点儿，我只是想我爹我娘，不知道他们得知我逃婚出走的消息后会怎么样。"冷云抬起头来看着他。"你后悔了吗？""不……"她坚定地摇摇头。

夜里有点儿凉，他脱下自己的外衣给她轻轻披上。"那就别想那么多了，以后他们会理解的，天下没有哪个父母不希望自己的女儿幸福，何况我们做的还是伸张民族大义的事，老人家会明白的。"

"你说得对，乃臣。"冷云轻轻地对他说，此时他的话对她是多么大的安慰啊！

停了一下，她小心地问："乃臣，我们这样出走你不觉得难为情吗……"

"不，我一点儿都不觉得难为情，为了打鬼子叫我怎么做都行……再说，再说……"

"再说什么？"冷云紧张地问。

"冷云，你没看出来吗，在学校里从知道你不甘心嫁给那个人时我就喜欢上了你……"他悄悄的话语让她耳热心跳。

冷云听了低下头去，正不知如何是好时，他把她拥在了怀里，一切是那么自然而然，她依靠在他瘦削却坚强的肩膀上……两人紧紧地拥抱在了一起。

两日后，他们在镜泊湖边宁安一带找到了吉东省委秘密联络处，一位姓安的秘书接待了他们。易恩波把他俩交给姓安的秘书后就告辞了。

安秘书领着他俩去见省委负责人，刚刚走到林中一个伐木工人住的大木刻楞棚子门边，就听见里边一个人在激昂地演讲。安秘书跟门口的哨兵耳语了几句，过来对他俩说："首长在开会，你们先等一下吧。"

他俩就和安秘书在门口等了起来。听安秘书说省委正在召集各地下县委书记开会，好像在讲当前对敌斗争的形势和共产国际对远东反法西斯斗争的一些指示。听着主持会议的人滔滔不绝的演讲声传出来，冷云就觉得里面这个人很有水平。

会散场了，一些着装各异的人从里边走出来，安秘书走到一位戴圆眼镜看上去三十多岁的人跟前，向他说了几句并把信拿给他看了。他热情地走过来，说："你们是从下江桦川县那边过来的？"

"是的，首长。"冷云有些激动地说。

"好哇，欢迎你们，年轻的布尔什维克，山上正需要你们这样的文化人。"他甩了一下工整的中分头发，过来与冷云和周维仁握手。"你们有什么要求？"他又问。

"我们想现在就到部队上去。"周维仁坚定地说。

"好！到底是年轻人，有热情！小安，你先带他俩去吃饭，吃过饭就把他们带到五军去。"

"是，首长！"

吃过饭他们就上路了，在路上冷云问安秘书："刚才的那个首长叫什么名字？"

安秘书有点儿惊讶，说："他就是咱们吉东地下党省委书记宋一夫啊！我以为老易向你们介绍过呢。"

冷云听了更加惊讶了："他这么年轻就是省委书记了？刚才我听了他的演讲，真是很了不起啊！"

安秘书笑了笑，说："当然啦！咱们一夫书记可是留苏回来的。"

三个人边说边走，越走林子越密，天黑下来，林中的山花椒藤和野葡萄藤还直绊脚。冷云和周维仁走得磕磕绊绊，再加上这两天一直在走路，他俩的脚上都打了水疱，忍着疼痛在后边跟着。而安秘书倒好像常走这样的路，不太高的个头像猴子似的往前钻行。

到半夜时，安秘书叫他俩坐在一根倒木上休息。他俩刚互相靠着肩膀眯了一会儿，安秘书不知什么时候从林子里钻了出来，手捧着一大把野葡萄叫他俩吃，说还得赶路，要不天亮前就赶不到了。

看着两人疲惫的样子，安秘书说："去部队密营，我常走这样的夜路，白天走怕敌人察觉啊。如果不常走，就容易嘛嗒山（进山迷了路，又叫鬼打墙），那就在山里转悠两三天也出不来了，还容易碰到熊被熊吃掉……"

他俩听了这话胆战心惊，立刻忘了睡意和脚板上难以忍受的疼痛……

天亮时，白雾笼罩着林间，他们终于赶到了五道河子深山中的密营。经过几道岗哨，哨兵把他们带到一个爬满爬山虎叶子的地窨子（抗联在山上盖的半地下窝棚）里。

哨兵喊了一声："报告！"

应声从里边走出一个三十六七岁穿着皮夹克的人来。安秘书一见他便说道："王皮袄，你还好吗？"

出来的人一抬头，脸上露出灿烂的笑容："是安秘书啊，是什么风把你给吹来了？"

安秘书一指他俩说："省委介绍两名地方上的同志到你们五军来工作，你带他们去见柴军长吧。"

王皮袄这才仔细瞅了瞅他面前的一男一女，看他俩脸上的疲惫之色，他笑呵呵地问："走了一夜的路吧？"

安秘书说："可不是，到现在腿肚子还发麻呢。"

"你们跟我来吧。"

他带三人来到另外一处靠着岩石建的地窨子前，喊了一声"报告"，把他们带进了这个地窨子里。

屋里的炕上坐着一个满脸大胡子、四十多岁的男人，他正坐在炕沿上抽烟袋锅子，见他们进来赶紧穿鞋下地。

　　"报告柴军长，省委安秘书带两个地方上的同志来，是派到我军工作的。"

　　这个满脸胡须的男人瞅了他们一眼，然后接过安秘书递过来的信，仔细地看完了，咧开嘴满脸笑容地说："哦，是两个文化人，好，好，俺是个粗人，就喜欢文化人。"

　　正说话间，一个年轻的女同志端着水进来了，看见屋子里的人愣了一下，看看来人，又看看柴军长。

　　"贞一，来，我给你介绍一下，这两位是山下地方党组织给我们派上山来工作的同志。她叫胡贞一，是我的老婆。"柴军长笑着介绍说。

　　胡贞一把水放下，亲热地拉起冷云的手说："一路上累了吧，吃饭了吗？"

　　冷云摇摇头。

　　柴军长就叫王皮袄先带他们下去吃饭。

　　等吃完饭，安秘书就下山了。王皮袄带着他俩又去见柴军长，这回是在军部的屋子里，柴军长正和两个参谋拿着地图研究什么。看见他们进来，柴军长就说："小周同志留在军部做秘书吧，小冷同志去给妇女团和青年义勇军做文化教员。王副官你带他们去安排一下。"王皮袄就带他们出来了。

　　王皮袄先把周维仁安排在军部这边的地窖子，紧接着带冷云过山那边的妇女团和青年义勇军的驻地去了。

　　翻过一个山头，走下山坡，林间可以看到妇女和孩子的身影，远处地窖子顶上炊烟袅袅。在山谷望不到底的雾霭中，一条小溪哗啦哗啦地流淌着，几个女战士梳着湿漉漉的头发，端着脸盆走过来，其中一个叫了一声："皮袄大叔，你是来看大丫的吗？"

"不，我给你们带来了一个教书先生。"大家这才注意到王皮袄身后的女子。她身穿蓝士林布旗袍，脖子上围着条白纱巾，手提方形黄色猪皮皮箱，非常漂亮。她们好奇地围过来。

"徐班长，你们王队长呢？"王皮袄粗着个嗓门问。

一个年龄和冷云差不多的姑娘应了一声："我这就去找。"就端盆跑进了一个地窖子里。

不大工夫，一个腰别手枪、剪着短发的女子走了出来。王皮袄一见她就说："王队长，这是新给你们调来的文化教员冷云同志。"

"欢迎你！"她过来紧紧握住冷云的手。

"好啦，我把冷教员交给你们啦，她赶了一夜的山路，让她休息一下吧。"王皮袄向人群里撒摸了一下，就转身走了。

"徐云清！"

"有！"

"让冷教员和你住一个屋吧。"

"是。"徐班长高兴地接过冷云手上的提箱，领着她朝一个地窖子里走去。几个女战士也跟过来帮她拿东西，她们都是和徐班长住一个地窖子的。

走进低矮的地窖子，她们有的帮她往土炕上搭铺，有的出去给她打水洗脸，还有的围着她问这问那，让她讲讲城里的事。大家都在山里待得太久了，对外边的事情一点儿也不知道，有的甚至连"卢沟桥事变"都不知道呢。冷云不像刚才那样拘束了，她滔滔不绝地给她们讲了起来……

她们正说着话，忽听外边林梢上空传来"嗡嗡"的轰鸣声，接着就听外边有人喊："敌人飞机来啦，注意隐蔽！"徐班长端起脸盆里的水，立刻往火炕灶坑里泼去，火苗立刻熄灭了。

接着就听一阵"轰隆隆"的爆炸声，震得地动山摇，地窖子墙上和棚顶上的土块"唰唰"往下掉。冷云脸都白了，刚要往外跑，被一个堵在门口的人按住了。

"别怕，一会儿就过去了。"她回头见是徐班长。徐班长守在门口张望，而屋里那几个女战士呢，她们坐在炕上该干啥干啥，像什么事情也没发生。冷云不觉为自己刚才的慌张有些脸红，慢慢地镇定了下来。

不一会儿，外面的"嗡嗡"声就消失了，只听有人喊："敌机飞走了，大家快出来救火！"冷云和徐班长先跑了出去，看到不远处一片白桦林子被敌机投下的炸弹烧着了。出来的人纷纷端起脸盆，折些树枝去灭火，好在那火还没燃成片，不一会儿就被扑灭了。

冷云的旗袍被刮了一个口子，脸上也蹭了一块黑炭灰。灭火时出来很多人，有男有女，就有人冲她指指点点……冷云看看自己确实和这些人不一样，这些人无论男女都穿着松松垮垮的黄色或灰色的军装，还打了许多补丁。

"不许议论新来的同志。"王队长走过来制止，那些人就噤了声。王队长走到她面前说："冷云同志，你先去宿舍里休息吧。"冷云点点头，就跟徐班长走回那个地窖子去。

冷云重新躺在热乎乎的炕上，半天也没睡着，虽然她昨夜走了一宿的山路，身子疲惫不堪，可是早上在密营中看到的一切都是那样令她新奇，笑呵呵的王皮袄、大胡子柴军长、沉着冷静的徐班长、敌机的轰炸……一遍一遍像过电影似的在她脑海里闪过，她本想和蹲在灶坑边给她烧火的徐班长再说点儿什么，可是两只眼皮直打架，不一会儿瞌睡上来了，她听着灶坑里噼噼啪啪的柴火声，沉沉地睡了过去……

25

冷云一觉睡到天黑，醒来蒙眬中听到耳边有个小姑娘在叫："冷先生，你可睡醒啦，王队长叫你过去吃饭呢。"

她睁开眼，见一个十一二岁的小姑娘蹲在炕沿前，屋里模模糊糊的光线让她辨不清方向，如果不是听到"王队长"，她还以为自己在悦来镇小学里当先生哩。

"小姑娘，你是谁？"

"我叫王大丫，送你来的是俺爹。"

"你爹是谁？"

"俺爹是王皮袄啊。"从那张笑呵呵的脸上，冷云认出王皮袄的影子来。

"早上我怎么没见到你？"

"我跟贵珍姐去采蘑菇了，对啦，我俩还采了不少山葡萄和狗枣子呢，听说你是城里来的教书先生，贵珍姐还特意叫我给你带了些。"说着她从一只柳条篮子里掏出几串山葡萄和狗枣子来。

冷云拣了几颗狗枣子放在嘴里，甜丝丝的滋味在她的舌尖散开来。她下地洗了一把脸，又梳了头。王大丫在旁边看着她说："冷先生，你真好看。"冷云不好意思地笑了，跟她走出地窖子。

走进另一个地窖子里，炕上已围坐了一圈人，王玉环队长一见冷云进来就招呼道："冷教员，来，坐到炕上来。"

大家纷纷起身给她让道。她刚坐下，菜就端上来了，一盆山鸡炖蘑菇，一盆炸狍子肉，还有两碗炒青菜，一碗是炒猴腿，一碗是炒山芹。王队长说蘑菇和山野菜都是王大丫和杨贵珍走出去很远采的，狍子肉和山鸡是军部搞伙食的战士打的，说是特意为欢迎冷教员，军长叫送过来的。

这顿饭是冷云离家以来，吃得最香的一顿饭。大家都有说有笑，只有一个人闷在灯影里不吱声，冷云看了她两眼，她便把头埋得更低了。

徐班长见了就悄声对冷云说："她叫杨贵珍，刚才大家说你是教书先生，她还以为你是男先生呢。"冷云就又朝她看了一眼。

吃完饭走出来，外面的林地里黑乎乎的一片，只有林梢上的星星闪着微弱的亮光，远处不知什么地方传来啄木鸟的叩木声，这声音使夜晚显得更加寂静和神秘了。

王玉环说："你明天就给大家上课吧。"

冷云问："教室在哪里？有教材吗？"

王玉环咪咪地笑了起来，指了一下天又指了一下地说："这就是教室啊。"冷云也不好意思地笑了。

王玉环又说："不过教材得你这个教书先生准备。"

冷云问："大家有多少识字的？"

王玉环回答："除了我在家上过两年小学，徐班长参加抗联后跟人学过识字外，其他的姐妹都不识字，有的甚至连自己的名字都不会写呢……"

第二天天刚亮，冷云就起来了，她到昨天被火烧过的白桦林里收集烧黑的木炭枝，她要把这些烧黑了的木炭枝当粉笔用。

早晨的林地里空气十分清新，各种不知名的山雀在林间飞来飞去，不远处的白雾里传来悦耳的小溪流水声。那个小姑娘王大丫也起来了，看她在黑漆漆的白桦林里收集木炭枝，也蹦蹦跳跳地过来帮忙。

"你大名叫什么?"

"俺没有大名。"她仰着小脸看着冷云。

"那你父亲没给你起过大名吗?"

"没有,俺出生时,俺爹就跟抗联走了。俺在家排行老大,娘不识字就叫俺大丫。后来俺跟爹来部队上报名时,俺就报了王大丫。"

"这个名字不好听,你还小,等打跑鬼子,还要靠你们这一代建设新中国呢,所以你一定要学文化识字,将来用得着。"

小姑娘认真听着,点着头说:"嗯,俺听你的,一定跟你好好学文化,冷教员,你给俺起个名字呗。"

"好,让我想想……"冷云想了一下问,"你参加革命是不是为了让穷人百姓得到实惠?"

小姑娘点点头说:"说得是嘞,当初俺爹参加抗联就是因为俺家太穷了,吃不饱肚子,有人说抗联是一支穷人的队伍,就是为了将来让穷人吃上饭,俺爹就这么参加了抗联。"

"那你就叫王惠民吧,别忘了咱现在打鬼子是为了全中国人民。"

"嗯,好,俺听你的,就叫这个名字!可这个名字怎么写呢?"

冷云就手把手教她在白桦树上写下了"王惠民"三个字,又教她念了三遍。

太阳从东边的山头升起来了,林子里亮了起来。两只筐里捡满了黑木炭枝,两人从山坡上往下走,冷云好奇地问道:"他们为什么管你爹叫王皮袄?"

"是这样的,俺爹是军需副官,可他常常没有袄穿,身上那件上山时穿来的夹袄已被树枝刮成一条条的露肉了,他还穿在身上,还有那条补丁摞补丁的裤子都磨露腚了,像个叫花子,每次下山也不用化装了,就装成叫花子。不知咋的这事传到了鬼子伪军那里,刁翎镇里的鬼子伪军就宣传说，抗联五军连军需副官都是叫花子，你们谁还敢去投抗联找苦吃。有一回战斗部队缴获了日本翻译官的一件皮夹克和一条黄呢子马裤，柴军长就分给了我爹。我爹说什么也不肯要，柴军长就生气了，说你还要叫鬼子笑话咱们是叫花子部队吗，爹这才穿上了，再下山就装成日本翻译官。后来我爹那件皮夹克总不离身，大伙就给他起了个外号叫'王皮袄'。叫得爹有时候挺难为情，他偷偷跟我讲过，咱参加抗联，自己吃点儿苦受点儿罪不算啥，要把好处记着留给别人……冷教员，你说我爹说得对吗？"

"对。"那张笑呵呵的脸又浮现在冷云的眼前……

吃过早饭，妇女团的人和青年义勇队的孩子们三三两两朝一片白桦林走去。等大家都在林间围拢起来了，王玉环站在中间高声说："同志们，从今儿个起，军部派来的文化教员冷云同志开始教我们识字上课了，大家欢迎！"

下边一边交头接耳地议论，一边稀稀拉拉鼓起掌来。这是课堂吗？这是要听她的课的学生吗？灰黄相间的服装，高高矮矮的个头，甚至许多人和她年纪一样大了。她稍稍镇定了一下自己，用手理了一下被风吹乱的头发，拿起花名册来开始点名：李玉娥、金顺姬、黄贞淑、杨贵珍、张三福、田柱子……

当点到王惠民时，王大丫从人群中站起来应了一声"到"，把大家都叫愣住了。冷云赶紧解释说王大丫从今往后就叫王惠民了，名字是她帮着起的，底下就又有人鼓起掌来。

安静下来后，冷云就把早上准备好教给大家的字写在她身旁的白桦树皮上，有"人民""革命""抗日到底""打倒日本帝国主义""中华民族万岁"……

清新的阳光静悄悄地洒在林地里，树梢上的鸟儿从疏疏密密的绿叶间探出头来，好奇地打量树下这些听课的人。一上午的时光不知不觉地过去了，有人已经学会了写字，也有人手里拿着黑炭树枝不知在树皮上怎么下手，这其中就有昨晚吃饭时见过的杨贵珍。中间换岗时，她长长地松了一口气，解脱了似的拿枪走了。

到了下午也没见她的影子，冷云问别人，说是主动要求替别人站岗去了。

散课时，周维仁过来了，冷云一脸惊喜："你什么时候来的？"

"我刚到。"周维仁换上了一身黄军装，腰间束着皮带。

"你在那边做什么呀？"

"抄抄文件什么的……"周维仁恹恹地说。

"你不喜欢吗？"她歪头问。

"我来这里是想打仗，想直接到部队里打鬼子。"周维仁说。

"你别着急，会有这样的机会的。"冷云安慰着他，和他并肩朝山坡走去。

送走周维仁，冷云正巧看见徐云清在往地窖子里抱柴火，她也跟过来帮忙。"徐班长，那个叫杨贵珍的女战士咋回事？她咋不愿学呢？"

徐云清把一抱柴火放在灶坑边，叹了口气说："唉，你就别难为她啦，这个苦命的人，连自己的名字都没有，到部队来只知道自己姓杨，她的名字还是大伙给起的呢，她一小就卖给男人家当童养媳啦。不过她心眼儿可好了，平时总抢着干活，打起仗来也不要命……"

"哦，是这样。"冷云低头沉思起来。

第二天清晨，冷云早早起床了，在山坡上找到了杨贵珍。她又在替别人站岗。

冷云说："你为什么替别人站岗，不去学文化呢？"

"冷教员，那些字太难学了，一个字一个样，什么时候才能学会呀。"她低下头看着自己的脚尖。

"比打鬼子还难吗？"

她怔了怔，抬起头看着冷云。

"我可听说了，你打仗很勇敢。下点儿功夫学吧，要革命就不能怕困难。你就把它当成打鬼子，学会一个汉字就是消灭一个鬼子。咱们的任务不光是打鬼子，将来还要建设新中国，要是没文化，难头可多了。万事开头难，突破这一关就好了。"

冷云说完朝山坡下走去，山窝里坐着的人还等着她上课呢。

到了下午，杨贵珍竟然坐到那群人中间了。做晚饭时，有人看见杨贵珍一边帮着烧火做饭，一边在灶坑前用柴棍在地上写着画着。

26

一天下午课间休息时，冷云正在教一个朝鲜族女战士李凤善吹笛子，屋子里围了一圈人，杨贵珍突然跑进来，满脸通红地说："报告冷教员，我又消灭了五个鬼子。"大家听了一愣，还有人把枪抱起来，紧张地问："鬼子，哪里有鬼子？"

看杨贵珍脸急得发白，冷云就明白了，笑着跟大家说："她说的鬼子可是书本上的'鬼子'啊！"大家听了哈哈大笑起来。几个朝鲜族女战士也正学汉字费劲呢，就向杨贵珍讨教起学习方法来。

徐云清见了，向冷云竖起了大拇指，说："你太有办法啦！"

过了两天，王皮袄又到妇女团驻地来了。王惠民气喘吁吁地把他领到冷云的屋子来。一见冷云，王皮袄就笑呵呵地说："冷教员，我要谢谢你让我闺女有了大名。一会儿你跟我走一趟，有个人想见你。"

"是谁呀？"

"去了你就知道啦。"王皮袄依旧笑呵呵地说。

翻过山头时，她远远地看见周维仁已在山下等着了。没等他俩说上两句话，就有一个警卫员跑过来对王皮祆说："首长叫你们马上过去。"

王皮祆就带他俩朝军部走去。进了屋，只见柴军长身边站着一个高个子、长脸膛、三十五六岁的中年男人，一见他俩进来，就大步走过来，问道："你是冷云？"

冷云点头。

"听说你工作干得很好，有个女战士不愿学文化，也被你带动得愿学文化了，看来你很喜欢做这项工作，是这样的吧？"

冷云有些不好意思地脸红了。也是的，通过这一阵教战士学文化，她自己的革命觉悟也提高了不少呢，也能帮助做女战士的思想工作了。

他又转过身来握住周维仁的手："你就是周维仁，原名叫吉乃臣？"

"是，首长。"周维仁敬了一个标准的军礼。

"你们到部队上来太好啦！部队正需要你们这样的知识分子。"他和柴军长对视了一眼，又转过身来说，"听说你们在学校里做过地下工作，有过这方面的经验，现在有一项任务要交给你们，不知你们是否愿意完成？"

周维仁一听有任务，眼睛一亮，抢先说："首长，我们愿意。"

屋里的几个人都笑了，这时柴军长走过来，指着大个子的中年人对他俩说："你们还不知道这位首长是谁吧？他就是咱二路军总指挥周保中将军。"

"周总指挥……"他俩不约而同地激动地叫了一声。

临来之前，冷云就听董仙桥老师说起过周保中，说他是云南大理人，早年毕业于黄埔军校，北伐时曾在国民革命军中任少将师长，是我党派到东北来的文武双全的高级军事干部。今日一见，果然气度不凡。冷云暗暗在心里敬慕起这位早已耳闻的总指挥来。

等冷云和周维仁坐下后，周保中眉头紧锁着说道："小冷、小周同志，部队马上要在山里越冬了，由于敌人的封锁，部队缺衣少棉，药品也奇缺，不少负伤的同志因没有药品，伤势在一天一天恶化，因此指挥部决定让你们五军偷袭刁翎镇，搞一批棉花、布匹和药品来。为了偷袭成功，据我们内线了解，城里的一个伪军营长有起义的迹象，不过还摸得不太准，需要我们的同志去接近他……正巧我们了解到这个伪军营长李承义跟小周你还有亲戚关系……"

周维仁想了半天，才想起这个叫李承义的人是他的一个远房表兄，他们已经有好多年没见过面了。

"派你俩进城除了考虑这层关系外，还有就是你俩刚上山来，城里和山上都没有人认识你们，不容易暴露。见到那个营长后，你俩再看他的态度见机行事，能把他和他的弟兄们拉上山来更好，拉不上山来就在我们偷袭那天夜里给我们进城的部队提供方便。"

冷云点了点头。

"你们下山去先和我们的内线接上头，具体怎么联系我会在派人把你们送下山时和你们说。"随后他冲外边喊了一声，"小虎子！"

"到！"应声进来一个虎头虎脑、十五六岁的小战士来。

"你明天带冷教员和周秘书下山，具体情况你向他俩讲一下。"

"是。"小虎子带他俩出去了。

周保中看着他俩的背影，回过头来对柴世荣说："多好的一对年轻人啊，很有股子革命热情，听说他们在学校就是志同道合的好同事了。"柴世荣点点头。周保中又说："等这次的任务完成后，我们就把他俩的婚礼办了吧。"

"好啊，周指挥说办咱就给他们办了。"打水走进来的胡贞一听到了这话高兴地说。

周保中又冲她说道："咱革命也是为了让我们的同志获得幸福啊！"

27

刁翎镇是日本关东军进驻牡丹江地区后的一个重镇。刁翎镇四面环山，西面山下还有一条乌斯浑河流过。镇上驻有日本关东军熊谷大佐的讨伐队三百人，后刁翎岗驻有关井守备队的二百余人。此外还有赫奎武的一个伪军团，下辖三个营，约一千伪军，其中的两个营驻扎在镇上，另一个营驻扎在三道通镇。全镇约有三千户人口，一条南北走向的公路通向镇里，县城筑有城墙，四个城门昼夜由伪军把守。城里百姓出入都要出示通行证。

城内分东西南北四条正街，城中心十字街口是县城繁华地带，每日里车水马龙，日伪军巡逻队白天持枪"嚓嚓"地从街道上走过。南北街面上的药铺有六七家，不过近来常有日伪军的便衣特务在各药店出入，监视着进来买药的顾客。

在刁翎镇的正阳街上，还开着几家旅馆、酒馆和妓院。其中最好的要数协和旅馆，到了晚上很大的四方灯高悬着，把旅馆门脸照得通亮，出入这家旅馆的都是日本军官和伪军军官。老板姓陈，三十岁左右，人很精明，还懂几句日本话，和日本人、伪军军官混得也熟悉，生意自然兴隆。

这天协和旅馆来了两位客人，男的一身青布长衫，头戴呢子礼帽，女的身穿蓝士林旗袍，外套红绒坎肩，像是两位教书先生。两位客人一进来，老板就迎了过去："先生、太太，是住店吗？"

"是，有客房吗？"

"有，里边请。"

"有朝阳的客房吗？要最里面一间的……"

老板一听就知道是山上来人了，叫伙计打开最里边一间朝阳的客房。老板跟进来，反手插上门："二位这次来是……"

"走亲戚。"冷云回答，并凑近门边侧耳听了听动静，伙计的脚步声已经远了。

坐下后，冷云和周维仁就把此行的意图和陈老板讲了。陈老板一听，拍了一下大腿，说："你们来得正是时候，前些日子李营长的妻妹被日本教官佐佐木给凌辱了，李营长正憋了一肚子火呢！有一天我听他手下的一个连长说，他早晚得跟日本人出这口恶气……"

冷云和周维仁听了心里暗喜。

下午，正巧李营长到隔壁酒馆里喝闷酒，陈老板就悄悄过去对李营长说："正好您的亲戚住我店里呢，有重要的事儿要和您说。"

李营长将信将疑地看看陈老板，随后跟他走进隔壁的旅馆里，推开他们的房间。一见李营长进来了，周维仁走上前亲热地叫了一声："表兄！"

李营长一愣，周维仁就说："我是乃臣啊，你忘了十多年前我们在奉天叔叔家见过面的。"

李承义这才慢慢想起来，握住了他的手："乃臣表弟，你怎么来啦？表叔家里还好吧？"

周维仁说："还好。"

李营长又问道："表弟怎么得空找到我这儿来了？"

周维仁就叹了口气，说道："想必表哥也知道了，我是私奔出来的，没告诉家里。"

"哦，是这样。"李营长这才转头看了冷云一眼。

周维仁给他介绍："这是我的未婚妻冷云。"冷云冲他行过鞠躬礼。

李营长很高兴，叫陈老板到隔壁重新订了一桌酒席，拉着周维仁畅饮起来。两人一直喝到掌灯时分，李营长就吩咐勤务兵提上两人的提包箱子，让两人到他家里去住。

到李营长家，天已经很晚了。一进屋，李营长就给妻子介绍："这是我表弟，这是他的未婚妻冷小姐，你把冷小姐安排到你妹妹的房间里去睡吧，我和表弟还要说会儿话。"

这正合冷云的心意，就谢过李太太，随她走了。

走进西厢房里，李太太的妹妹胡小姐还没睡，屋里亮着灯。敲开门后，一个冷美人独自坐在梳妆台前，神色怔怔的，脸上一片凄楚。

"小妹，这是你姐夫表弟的未婚妻冷小姐，来我们家做客。"李太太说。

那冷美人微微欠身行过礼，就又一言不发、眉头紧锁地坐在那里了。

李太太坐下来陪冷云说着话："眼瞅着要过八月节了，怎么这个时候出门啊？"

冷云叹了口气，说："我俩是私奔出来的，我在家是有男人的，我男人给日本人当警察，这桩婚事我一开始就不同意，实在过不下去就逃出来了……"

李太太听了这番话，也跟着叹了一口气，那位胡小姐不知什么时候也转过头，认真地听着她们的谈话。

"唉，没想到冷小姐这么知书达礼的人命也这么苦啊……这是什么世道啊！"李太太抹起了眼泪。

冷云气愤地说道："这世道都是日本人害的。"

"日本人不是人……"冷不丁胡小姐冒出一句话来。冷云怔怔地瞅着她，心想这个俊俏的姑娘竟是个刚烈性子，她被日本人凌辱一定十分恨日本人，不如从她入手说服她姐夫、姐姐起义抗日吧。

想到这里，她心里已经有了数。

28

第二天早起，李营长吃过早饭就去伪军营了。周维仁看院子没人，就把冷云拉到马厩的一个僻静角落里，悄悄告诉她："李营长知道我们的真实身份了。"

冷云听了心里一惊，急问道："你告诉他的？"

周维仁点点头。

"你怎么这么快告诉他了呢？我们还没摸清他的心思呢。"

周维仁嗫嚅地说："昨晚我俩都喝得挺多，唠到挺晚，唠到我眼皮快打架时，他忽然瞪着红眼睛问我，你和冷小姐逃出家这么些天都去哪儿啦，不会是直接上我这儿来的吧。我一顺嘴就把上山去找抗联的事儿跟他说了……"

冷云紧张地问："他听后说了什么没有？"

"没有，什么也没说。"

一整天，冷云都是在忐忑不安中度过的，万一李营长把这件事报告给日本人或他的上司赫奎武，她和周维仁就都出不了城了。

到了晚上，李营长回来了。他把周维仁和冷云叫到小屋，坐下后看了冷云一眼慢慢问道："冷小姐，我知道你和我表弟下山是干什么来的，是想鼓动我和弟兄们上山投奔抗联对不对？"

事到如此，冷云只好点点头。

李营长又说："冷小姐，今天我找我的三个连长兄弟商量过了，大伙愿意跟我上山去抗日，我只想问你，我和三个连长上山后，还

120

能当营长连长吗？还有他们的家眷怎么办？"

冷云想起临来时周总指挥的交代，就说："李营长，你和兄弟们起义上山后，你们人马不变，而且还把你们扩充成一个团，你来当团长，你的三个连长当营长。至于他们的家眷想跟着在山里也行，不想在山上就给秘密安置回老家。"

"既然如此，我就拉上队伍跟柴大胡子抗日去！"李营长下了决心说。

冷云听了十分高兴，说："部队过来时，还想搞点儿棉花、布匹和药品带上山。"

李营长说："布匹棉花没问题，我认识两个布店的老板，我就说冬天快到了，要给弟兄们做棉袄，让他们把布匹棉花准备出来；只是药品日本人控制得很严，不如这样，等你们队伍来偷袭时，把那两个日本人开的药铺砸了，抢一批药品出来带上山去吧。"

冷云觉得这是个办法，就叫李营长连夜画了张刁翎镇里日伪军布防图和药店位置图，她好明天一早过陈老板那儿时叫人带出去。

第二天冷云赶到协和旅馆时，山上派下来的小虎子已经到了。冷云把情况告诉了他，并把李营长画的图交给他，让他尽快转交首长，定下偷袭时间。

过了一天，小虎子又下山来了，带回来首长的指示，说眼瞅过八月节了，城里的敌人会麻痹些，决定农历八月十四这天夜里十点偷袭刁翎县城。到时叫防守城西的李承义营的伪军把西城门打开，一个团见机偷袭离这里不远的关井守备队；一个团抽出一个营接应李承义的伪军二营，并攻打驻守北城门的伪军一营。另外两个营一个营负责袭击警察署，一个营负责运送搞到的棉花、布匹和药品。城外还埋伏了一个师的兵力，得手后，防止驻防刁翎的熊谷大佐的部队受惊动后出来追击。

冷云回去把偷袭计划告诉了李营长，李营长听了一击掌说："好，那天夜里我一定设法把西城门楼上都换上我的人把守。"

八月十四就是后天，冷云白天叫李营长告诉他的太太和胡小姐，把东西收拾一下，为避免走漏风声，先告诉她们是回吉林德惠老家过节去。一听说回老家，胡小姐又流起泪来，她觉得没脸见家人。

李营长见了，对周维仁咬牙切齿地说："我一定要亲手宰了佐佐木那个王八蛋！"佐佐木一直住在张红鼻子营长的一营里，而一营正是李营长起义后袭击的目标。

说话间到了八月十四的晚上。傍晚，李营长把关井队长请进酒馆里喝酒，李营长点头哈腰地说："明天是中国传统的中秋节，我带老婆孩子回老家过节，不能和太君一道过节了，今天特意请太君出来喝酒赔礼。"

一脸横肉的关井听了十分高兴，竖起大拇指说："李营长，你的大大地好！够朋友的，我的，一定在熊谷大佐那里替你说话的有。"

两人一直喝到快九点，关井喝多了，李营长就把他扶到协和旅馆开了一个房间放下他。李营长赶紧抽身出来，看了一下表，九点整，离抗联部队进城还有一小时。他先去了营房，看大家都整装待发，又去了西城门，他调换了一个心腹排长在这里把守，表弟周维仁也换上衣服安排在这里接应。之后，他又回了一趟家，李太太和胡小姐已收拾好行李，冷云已把上山起义的事跟她俩讲了，到时枪一响，她就负责带她俩出城。

李营长放心地走出家门，对跟过来的冷云说："冷小姐，家里就拜托你了。"冷云说："李营长放心，到时我们山上见！""好，冷小姐会打枪吗？"冷云点点头，她上山后学过几天打枪。李营长就叫勤务兵给了她一把盒子枪。

十点整，李营长带着他的人刚出营房，迎面过来一队黑乎乎的人影，见最前面的一个人穿着日本军服，他吓了一跳，等近了才看出是周维仁，知道他们的人都已进城了，就带着这些人一起往城北头一营的驻地摸去。

一营营房的驻地，外面站岗的是一个外号叫王聋子的哨兵，他正搂着枪打盹儿，猛睁眼看到一队黑乎乎的人影从巷子口出来，就喊了一声："谁？"

"我。"李营长回了一句。

他听出是李营长，以为他带人去抓赌，抓赌油水很大，就问了一句："李营长带弟兄们到哪儿去抓赌啊？也不告诉我们营的弟兄们一声。"

李营长怕他说话惊着张红鼻子，就小声说："别说话，把枪放下。"

哪知这个王聋子还往前凑，要是让他看出队伍里抗联的人就坏事了，李营长抬手一枪，王聋子应声倒地。枪一响，所有的人都往院子里冲，这时城西头守备队方向也响起了爆豆般的枪声，看来进城的抗联也与日军交上火了。

听到枪响，张红鼻子提着枪慌慌张张跑出来："怎么回事？哪里的枪声？"话音刚落，李营长抬手又是一枪，子弹正中他的左耳。"妈呀！马胡子来了，弟兄们快给我打呀！"他跑回营部，端起一挺机枪从窗口扫射，刚刚进院的人被压到了墙根底下，躲着火力往营部门口靠。

和张红鼻子营部对着的一个屋门就是佐佐木的住处，此时他刚从睡梦中惊醒，向窗外一看，院子里黑压压的都是人，等他看到李营长就明白了，赶紧拿下墙上挂着的手枪，要钻到床底下去。

就在这时，房门被一脚踹开了，李营长冲了进来。"李……你的反了……"佐佐木刚抬起手枪，一颗子弹正中他的手腕，紧接着李

123

营长"啪、啪"几枪射在了他只穿着裤头的大腿根上，他发出杀猪一样的号叫来。李营长又一枪射在了他胸口上，佐佐木口吐鲜血蹬蹬腿儿就一命呜呼了。

李营长出来刚要带人上楼去捉张红鼻子，院子里匆匆进来了周维仁，他说护送棉花、布匹、药品的部队都出城了，叫他赶快带部队出城，不然熊谷部队上来他们就出不去了。

他们这才从北城门冲了出去。熊谷部队果然随后追了出来。他们边打边撤，撤到小磨盘公路上时，山上埋伏的接应部队一起向后边的熊谷部队开火，打得毫无准备的鬼子鬼哭狼嚎的，摸不清山上究竟来了多少部队，丢下几十具尸体后就不敢冒黑再追了，灰溜溜地躲回城门里去了。

29

偷袭刁翎镇获得了大胜，除了缴获布匹、棉花和药品外，还拉上了李承义一个营的伪军反正起义。据后来山下陈老板传来的消息，熊谷大佐知道李承义反正前一个晚上还和关井在一起喝酒，致使日军守备队夜里也遭偷袭损失惨重，当日天亮时就把关井叫了去，狠狠抽了他几个耳光，限令一定要逮住李承义，格杀勿论，以免别的伪军效仿。

第二天就是中秋节了，下山回来的部队喜气洋洋。周总指挥和柴军长接见了李营长，并把他和三个连长的家眷妥善安置了下来。随后周总指挥、柴军长又一同去见了冷云、周维仁，夸他们两人这次任务完成得好，军部要给他们记功。

周保中又话里有话地笑呵呵地说："今晚要为你们好好庆贺一下啊。"

124

他们一愣，还没明白是怎么回事，周保中又一指跟在他们身后的胡贞一说："今晚军部要给你们举行婚礼。"

冷云、周维仁一听脸红了。冷云难为情地说："周总指挥、柴军长，我们还没啥准备呢，要不改个日子吧。"

柴军长插话道："准备个啥？让你们贞一大姐给你们准备吧！今晚的日子挺好，刚刚打了大胜仗，又正好赶上八月十五团圆节，把你们的喜事办了就是双喜临门啦，是不是小周同志？"

周维仁红着脸说："我听首长的。"

"好，好。"柴世荣又转向胡贞一，"你告诉妇女团今晚搞得热闹些，她们这些女同志可是能歌善舞的啊！"

晚上月亮升起来了，东边山坡的林梢头披上了银白色的月光。夜幕悄悄地笼罩了山谷，五军军部的密营林间空地里，笼起了几堆篝火，那火光如同盛开的金达莱，映照在一张张喜庆的脸上。

妇女团的姐妹们早早就来了，围着篝火，李凤善、金顺姬等几个朝鲜族女战士跳起了舞……小战士王惠民在唱冷云刚刚编好的歌——

月黑头，云彩低，

抗联下山来杀敌，

使了个调虎离山计，

鬼子掉进了陷阱里，

打死的，捉活的，

让他们鬼哭狼嚎滚回去……

篝火前摆放着一长条白桦木钉成的桌子，桌上摆着山葡萄、山梨、狗枣子还有两束野菊花。婚礼由胡贞一主持，周总指挥做了证婚人，柴军长和李承义夫妇做了双方的主婚人。冷云和周维仁先向挂在两棵白桦树上的党旗和列宁铅笔画像鞠了躬，接着又向证婚人和主婚人鞠了躬。

周总指挥讲了话，他说："今天晚上我们十分高兴地为两位新人举行婚礼，冷云同志和周维仁同志是志同道合的革命同志，为了革命事业的需要他们携手来到了咱们抗日队伍里，组织上批准他们二人结为夫妻，祝愿他们革命路上心心相印，喜结连理，再传佳音。来，让我们为这对新人干杯！也为打跑日本鬼子让千千万万个家庭过上幸福日子干杯！"

李营长代表周维仁的亲属也讲了话。接着周总指挥送了冷云一支钢笔作为贺礼，柴军长送了周维仁一把小手枪作为贺礼。

婚礼最后，大家在周总指挥的指挥下，一起和声唱起了《国际歌》："……不要说我们一无所有，我们要做天下的主人……从来就没有什么救世主，也不靠神仙皇帝！要创造人类的幸福，全靠我们自己，这是最后的斗争……团结起来到明天，英特纳雄耐尔就一定要实现！"激昂的歌声在林间、在篝火堆中久久回荡，让每个人都心潮澎湃。在歌声中，大家热热闹闹地把周维仁和冷云送入白桦树搭的木刻楞洞房。

婚礼后，周总指挥和警卫连就要连夜带着李承义的起义营赶到三道通指挥部密营驻地去了。走时他叮嘱柴军长，熊谷这次吃了亏，一定会进山来报复的，这个密营不能待了，让他们迅速转移到别的密营去。

李太太的妹妹胡秀芝没有跟着她姐姐、姐夫走，她主动要求留在妇女团里跟冷云她们在一起当个女兵。柴军长、王队长也答应了。走的时候，李太太擦着眼泪跟她妹妹拥抱告别后，特意把冷云叫到一边说："你要多照顾照顾我妹妹，她一个人在这儿我不放心。"冷云说："你就放心去吧，我会把她当亲姐妹一样的。"

大家就挥手告别了，月亮照着这一群人很快消失在林子里。

这个木刻楞洞房是柴军长叫人给他们倒出来的，胡贞一已带人布置过了，一个大大的红囍字贴在地窖子墙上。姐妹们叽叽喳喳闹腾了一阵子，王玉环就叫大家走了。

火炕已叫姐妹们烧得热乎乎的，此时摇曳的油灯光映在两人红彤彤的脸上，两人好似在梦里。他俩没想到上山来这么快就做了夫妻，而且婚礼还是由周总指挥和柴军长给他们办的。此时他俩心里有千言万语想和对方说，可又不知谁先开这个口。

"香芝——"

"乃臣——"

两个人几乎同时叫了一声对方的乳名，又害羞地避开了目光。

"你先说吧……"一向敢说敢为的周维仁，此时像个孩子一样羞怯。

"乃臣，你跟我上山来投奔抗联部队后悔吗？"冷云灼热的目光盯着他的面孔。

"不，香芝，我现在觉得很幸福，这才是我想要的生活，打鬼子，和自己心爱的人在一起，哪怕是死了，我也知足了……"这个激动的青年人口不择言地说。

油灯的火苗一跳，冷云伸手捂住了他的嘴："我不许你说死，我们的新生活才刚刚开始，而且我们还没有打跑鬼子，我们都要好好地活着，等到打跑鬼子那一天，我们还要一起建设新的可爱的祖国……"冷云眼里跳动着幸福的火花，满怀憧憬地说。

周维仁把冷云的手轻轻拿下来，握在手里摩挲着说："香芝，你知道吗，我这个人最恨包办婚姻，家里给订的婚我退掉了，当我在学校里看见你第一眼时就喜欢上了你，看到你和那个人在一起不快乐，我也很同情你，却不知道怎么帮助你，我知道你的身份后，就想和你一起上山打鬼子。现在好啦，我们为革命、为自由、为爱情，终于走到了一起，以后，我要好好保护你，还有将来我们的孩子……"

说到孩子冷云的脸羞得更红了，她把头依偎在这个早就在心里默默喜欢的男人怀里。

两人说着聊着，不由得说起那次在学校里参加运动会的情景来，两人不约而同地哼唱出冷云作的那首歌："燕双飞，燕双飞……"

30

三天后，五军军部和妇女团转移到三道河子锅盔山密营地，这里山高林密，比较隐蔽，山上多是些参天的松树，有红松、臭松、鱼鳞松，山坡下面也有成片的枫桦、柞树、楸子树、水冬瓜树、枫树，刚刚下过两场霜，树叶五颜六色，非常好看。

这里有四军留下的一个被服厂，厂长叫安顺福，是位朝鲜族女同志，中等个头，一张圆脸，她今年有二十三岁，丈夫是四军里的一个团长，在夏天的一次战斗中牺牲了。

五军到来后，就把在刁翎镇缴获的布匹和棉花运到这里赶制棉军服，妇女团的人也被抽到被服厂来帮忙。眼瞅就上冻了，战士们还穿着单衣呢。

白布需要颜料染，安厂长就叫王队长带着一部分人到山坡上去找黄菠萝树、楸子树和柞树，用刺刀和斧头砍了树皮，回来把树皮倒进屋外支起的两口大铁锅里烧开了，再煮一会儿，水就变成了黄颜色，再把布匹泡进锅里，一小时后，把布匹拿到院子里晾晒干，布就染好了。

附近山坡上的黄菠萝树皮、楸子树皮、柞树皮扒得差不多了，王玉环就带着冷云、徐云清、杨贵珍、李凤善她们几个到远一点儿的山头去找这样的树，常常要走过两三座山，走累了的时候，冷云就教大家唱歌：

> 天上没雨，地下旱，
> 苦日子过不了另打算，
> 白天还是庄稼汉，
> 黑夜背枪变抗联。

歌声在密林间回荡着……

这天上午她们正在山坡上干活时，引来了一个山把头（上山打猎的农民）。他围着她们看了一圈，说："闺女们呀，你们这样可不行，整天闹得山神爷不得歇息，獐、狍、野鹿都不能回窝，鸟也不能回巢。"

杨贵珍就说："大爷，我们的战士还等着穿棉衣呢，天都要凉了。"

山把头说："你们得罪了山神爷，它叫黑瞎子来舔了你们。"他这一说大伙都笑了起来。

他又问："你们笑啥？"

王队长说："就怕黑瞎子不敢来呀，它要是来了把它扒皮吃肉。"

山把头一听，来了气："你们喊吧，死丫头，看把鬼子招来怎么办！"

王队长说："您忘了，我们就是专门打鬼子的，他们来了就别想活着回去。"

这个山把头看说不服她们，摇摇头走了，一边走一边还在说：

129

"你们这群闺女呀，我可真没见过，天不怕地不怕，和村子里的闺女不一样。"可他又实在惦记着，怕她们出事，就照山里的规矩，走到山脚下用石块搭起一座小庙，折树枝当香，叨念着："山神爷呀，你可别生气，这些闺女都是好人啊。她们是为了抗日救国，让咱受苦人过上好日子啊。"

布都染好了，可棉花用光了。安顺福就跑去找王皮袄想办法，可王皮袄一点儿办法也没有，自从上次打了刁翎镇后，为了不暴露部队的行踪，柴军长就命令再不允许人下山了。

"能不能就地取材搞点儿乌拉草呢？"王皮袄忽然想起在家时用这种草絮过棉衣，就提议说。

安厂长立刻发动大家去寻找这种草，可许多女战士不认识这种草。冷云想起那天见过的山把头，他常年在山上跑，肯定知道哪里有乌拉草。

冷云就带着杨贵珍、李凤善去那个六七里外的山头上堵那个山把头，堵了两天就堵着了。他正要去遛狍子套，听了她们的请求后，寻思了一下说："我倒是可以带你们去采乌拉草，可这种草奇少，你们没听过咱东北有三件宝吗，人参、貂皮、乌拉草，即使采到这种草也不够你们那么多人絮棉衣的。我倒有个建议，不如你们到俺们屯子里去收些棉花，俺们屯子专门有人家种棉花。"

那天回去后，冷云就把山把头的话和王皮袄说了。王皮袄听了问："这个人可靠吗？"没等冷云回答，杨贵珍就说："我看这个大爷是个好人，不会出卖我们的。"王皮袄就请示了柴军长，经同意后派几个人化装下山，由山把头引着进屯子去了。

路上，王皮袄叮嘱山把头，到屯子里别说他们是抗联的人，就说他是商人，带着几个女儿走亲戚，顺便收点儿棉花。山把头瓮声瓮气地说知道了。

这果然是个十分僻静的小屯，屯子里只有三四十户人家，被夹在东西两座山的山沟里，这个小屯就叫夹皮沟。

他们走了十几户人家就收了两麻袋棉花。晌午过后，他们就走出屯子来，看看后面没有人注意，就从树林里拐上了上山的山道。

杨贵珍一路都没说话，等到吃晚饭时，她突然问冷云："我们明天还下不下山了？"

冷云说："不打算再去了。"

听见她这样说，杨贵珍沮丧地嘟囔起来："她太可怜了。"

"谁？谁可怜？"冷云忙问。

杨贵珍就说："今儿收棉花的时候，一个姑娘偷偷问我是不是山上抗联的人……"

冷云心里一惊，问道："你跟她说了？"

"没有……不过我看她可怜巴巴的，就问她为什么要找抗联的人。她说她爹叫鬼子杀了，爹死后娘就嫁人了，她从小被卖到这户人家当童养媳。她男人前年秋天去山上采人参被鬼子抓到了，让他当'小背'（民夫），中途要逃跑被鬼子抓到绑到一棵松树上，活活用刺刀捅死了。她婆家说她是克星，整天给她气受，还要把她改嫁给一个哑巴小叔子，她想逃上山找抗联给她爹报仇……"

冷云听了也很同情这个姑娘，就跟王队长汇报了情况。王队长沉思了一下说，等找机会下山摸摸她和她婆家的情况再说。

过了两天，冷云和徐云清、杨贵珍又化装下山了，她们还是找山把头带路进屯。在路上冷云向他问起屯子里这个寡妇的情况，山把头叹了一口气，说："是有这么个姓黄的闺女，她的命好苦啊……"

进了屯，杨贵珍就引她俩去了她说的那户人家。一进院，正看到前天见到过的那个姑娘，她正抱着一捆草往牛棚里去。一见到她们，姑娘赶紧把头低了下去。

杨贵珍走上前去，说："大妹子你不认识我了？我是前天来过的。"

姑娘听了没有搭理她，低头走到牛棚里蹲下身去铡手里的草。

杨贵珍急了，顺嘴说："大妹子，你不是要找抗联吗？我们就是抗联的人！"

她听了愣了一下，说："你们走吧，俺不认识你们，叫俺婆婆看到了该打死俺啦。"

杨贵珍一愣："大妹子，你这是怎么啦？"

她没有回答杨贵珍的问话，只是把头扭向一边，叹了口气："女人就是受气的命，熬到死就算了。"

冷云一听，蹲下身子劝她："抗联里都是穷苦人出身的姐妹，咱们女人不能信命，要想办法改变自己的命运……"

杨贵珍也说："大妹子，啥叫命？你看俺参军前也是个寡妇，挨打受气的，那时候俺也想这是命中注定的，可自从俺参加了抗联，这位姐姐教我学了文化，我就懂得了许多道理，再也不相信这是俺的命了……"

"你也是个寡妇？"她有些不相信地抬起头看着杨贵珍。

"嗯，俺很小的时候娘就死了，爹又娶了个后娘，后娘开始对俺还挺好的。小日本来的那年爹闹眼病闹得厉害，没钱治就瞎了，日子也没法过了，后娘就向亲戚邻居家借粮过日子。可这年月自己还没吃的呢，谁还有吃的借给俺们家？饿得实在没办法，后娘就用五担苞米把俺卖给了婆家做童养媳。可五担苞米又能吃几天呢？没粮了，后娘不能眼看着爹和弟弟妹妹饿死，就又招了一个男人，过着'招夫养子'的日子。村里人骂后娘不要脸，俺也知道这不能怪她，可在人前总觉得抬不起头来。就连抗联同志帮俺逃出婆家时几次问俺，俺也没告诉她，俺害怕部队不要俺。可在部队上大伙不但没有瞧不起俺，还对俺像亲姐妹一样，开始俺也有点儿想家，想弟妹们，可俺明白了这样一个道理，俺出来打鬼子正是为了他们，等打跑了鬼子，俺们就会过上好日子了，女人再也不会被人踩在脚底下了……"

姓黄的姑娘听了这番话，不禁抽泣起来，诉说道："那天你们走后，我婆婆知道我动了要走的念头，就狠狠地数落了我一顿，说我是克男人的命，爹和男人就是叫我克死的，她说抗联的人也不会要我的……"

冷云听了这些话，示意大家等她一会儿，就一个人走进了她家屋里。过了一袋烟的工夫，冷云和一个小脚老太太走到牛棚里来。那个姓黄的姑娘一见到那个小脚老太太，身子就哆嗦了一下。

小脚老太太盯了她一眼，开口了："老大媳妇，刚才这位闺女跟我讲了……你要参加抗联就跟她们走吧，我不拦你了……"

姓黄的姑娘一听这话愣住了，看了看老太太，又看了看冷云。扑通一声跪到地上："谢谢娘——"

老太太把脸扭到一边去，说："别忘了你男人是怎么死的，到了山上要想着给你男人报仇。"姓黄的姑娘含泪点点头。

老太太转身进屋去了。

走在回山的路上，杨贵珍拉着那个姓黄的姑娘有说有笑。徐云清就悄悄地问冷云："你是怎么说服那个老太太的？"

冷云笑着说："我一进屋就问，你想不想有人给你大儿子报仇？"老太太一听这话就耐住性子听我把话说完了。老太太只有两个儿子，小儿子是哑巴，大儿子是她最心疼的。听说我们是杀日本鬼子的队伍，就答应让她跟我们走了……"

又走了一会儿，冷云说："真没想到贵珍会把她埋在心里的身世一股脑儿说出来，是她说服黄姑娘的。"

"是呀，我也没想到，这些事儿她以前从来没有对我说起过，看来咱抗联真是个锻炼人的地方。"徐云清感叹着说。

夕阳渐渐被甩在了身后，山牯鸟咕咕叫着归林子了。她们这次下山虽然没收到棉花，却带回一个参加妇女团的姑娘，怎能不叫她们心里高兴呢？

不知谁带起了头，唱起了《贫民叹》小调：

> 青山碧水好美的村，
> 我们都是贫农人，
> 指望种地度生存，
> 谁想日本出兵来俺屯，
> 闹得各家遭殃难安身。
> ……
> 看看我们多难心，
> 可是有谁来指引？

31

两场冬雪下过之后，山上变成了一片白色。雪压在红松树枝头上，松鸦一飞起，就抖落下一团团像棉花一样的雪团。

做好的棉衣陆续送到各部队去了，往年由于布匹、棉花的短缺，五军中的战士很少有及时穿上越冬棉衣的。这回王皮袄的脸上也露出了孩子一样的笑容，他叼着旱烟袋常往被服厂的地窖子里跑，看到深夜还在点着松明子干活的姑娘们，就说："闺女们，你们辛苦啦，我一定会告诉咱们的小伙子多杀几个鬼子来报答你们这份辛苦的。"

这天中午，大家正在吃饭，王皮袄又过来了，手里拿着一封信跟大伙说："停一下，这是青年义勇军的孩子们给你们写来的信。"

大伙一听都围了过来，自从五道河密营分开后他们就没见过面。冷云接过信来念道：

妇女团的姐姐们：

自从分别后，我们非常想念你们，大伙都盼着我们什么时候还能在一起学习、战斗。

昨天我们穿上了你们做的新棉军装后，高兴极了。因为往年冬天我们都有冻坏的同志。这回好了，大伙穿上新棉军装，行军打仗再也不会冻坏了，心里十分暖和，我们一定多打鬼子来报答姐姐们。战士们都说：瞧，穿上这么好的军装，打鬼子浑身有劲儿。还有不少同志从兜里摸出了手闷子，你们想得可真周到啊，手闷子上你们还绣上了"抗日救国""英勇杀敌"，真叫我们喜欢得不得了。姐姐们，你们放心，我们一定替你们多杀几个鬼子，你们自己也要多保重！代向冷教员问好，是她教会我们写字的。

致革命的敬礼！

青年义勇军全体战士

读完信，大家心里都痒痒起来，都羡慕义勇军的小鬼也能参加战斗，七嘴八舌地说，服装厂做棉军装的任务完成了，她们也要求到部队上去参加战斗。

"姑娘们，你们听我说，上级会再派给你们任务的，不要着急。"听着她们叽叽喳喳地议论，王皮袄笑呵呵地说。

果然没过两天，王皮袄又来传达军部的命令了，跟他一起来的还有个戴眼镜的、面孔白白净净的男军官。组织上命令她们妇女团协助在这里建个野战医院。跟王皮袄来的就是赵军医官，他原是东北军一个团的军医官。由于入冬后鬼子进山扫荡，部队的伤员越来越多，需要在小锅盔山再建个医院。

赵军医官把地址选好后，军部后勤人员和妇女团一道去远处的山上放建房子用的树木了。为了密营的安全，附近山上的树是不能放的，要走到十几里外的山上去放。天气非常冷，小北风飕飕地刮着，像猫爪子似的抓着人的脸，一会儿就把人冻透了。

王皮袄和军部的几个参谋、周秘书赶着两个马爬犁在前面蹚路，呼叫的北风卷起林地里的雪，不一会儿就将蹚出的雪道埋上了，后边的人也成了雪人。

女兵里，前不久刚刚加入妇女团的胡秀芝，在家时从没干过这么苦的活，也没有遭过这份罪。她不是一脚陷进没膝深的雪里，就是在登山坡时被一株山花椒藤绊倒了，整个人滚进雪窝子里，人都冻哭了。冷云见她没跟上来，又返回去找，滚到雪里伸手把她从雪窝子里拉了上来。

放树时是三人一组。冷云和周维仁、胡秀芝一组，周维仁“吭吭”用斧头砍红松树的下茬口，冷云和胡秀芝用大肚子锯“嘶嘶”锯上口。“顺山倒啦——”一棵十几米高的大松树就轰隆隆放倒了，那高大的树冠砸出一片雪雾来，把周围的小树都砸断了。从苍绿的松枝间纷纷崩落下松塔来，冷云和胡秀芝就学着王皮袄围着树头捡起松塔来，又笼起一堆火烧起了松塔。火把身子也烤暖了，大家吃了些松子，肚子也不觉饿了，又接着干起来。

天黑前，大家把木头装上马爬犁，松塔也捡进麻袋里放到爬犁上。王皮袄和周维仁就叫女战士坐到老长的红松木头上，“啪啪”地甩了两下鞭子，马爬犁就拖着木头和人跑起来。干了一天的活，大家身上的汗都出透了，一点儿也不觉得冷了。奔腾的雪雾中，姑娘们欢快地唱起了歌，惊得路边树上的松鸦扑棱棱飞了起来⋯⋯

第二天一部分人又上山了，留下的人由赵军医官领着在驻地盖房子。先把地上的雪打扫干净了，就点上火，烤化下面的冻土层，往下挖一米多深，再用红松圆木凿垒出地面上一米多高的木刻楞墙，里外糊上土泥巴，这样的地窨子冬暖夏凉，在山里也比较隐蔽。他们建的这种半地下室的医院比一般地窨子房要大，能容纳百十人的床位，还有隔着的手术间呢。

王皮袄把部队里干过木匠和泥瓦匠活的战士都找来了，一时间拉锯破板、凿木头的声音叮叮当当响成一片。只用了四五天时间，山根下一座医院就成型了，还在两侧的山腰上修了炮台子。

最后一天伐木，冷云他们三个放倒了一棵百年老松，从砸到地上的雪雾树冠间，突然跳出一只小松鼠来，晃着一支大尾巴在树枝间蹦蹦跳跳。冷云和胡秀芝见了惊叫道："多可爱的小松鼠啊！"周维仁猫着腰接近，一把把它捉住了，说："你们把它带回去养起来吧。"

回到驻地，姐妹们纷纷过来围着看，王惠民一把抢过来抱着，更是喜欢得不得了，还说今晚放在她的屋里。胡秀芝说："还是放在冷云姐那里吧，你睡觉那么死，让它跑了多可惜呀。"王惠民就嘟起了小嘴。

正热闹着，王皮袄来叫大家吃饭了。没等走到伙房，她们就闻到一股狍子肉的香味儿。原来下午时，赵军医官看这两天女兵上山伐木太辛苦，想犒劳一下她们，就拿出自己以前的积蓄，让王皮袄去一个山把头那里买了一只刚套到的狍子。围坐在桌前的姐妹们就鼓起掌来。赵军医官不好意思地站起来，给大家深深地鞠了一躬，文质彬彬地说："大家多吃点儿，略表一下敝人的心意。"看见他这个样子，有的女战士就捂着嘴哧哧地笑了起来。

32

医院建好了，就有伤员被转移到这所新建的医院里。跟过来的还有两名医生和三名护士，可人手还不够。赵军医官又找到王玉环队长那里，请她们妇女团抽调几个人过去帮忙。

王玉环就把徐云清、杨贵珍、胡秀芝、王惠民等七八名女战士派过去帮忙了。

冷云白天要给妇女团上课，还要进行军事训练，她们几个抽过去后，她就在晚上抽时间给她们补课。有一天补课时，她们几个说起了医院里的新鲜事。

胡秀芝说："那个赵军医官看着斯斯文文，可做起手术来那个狠劲儿真吓人，他用锯木头的锯把一个人的大腿锯掉了。他怎么能下去手呢？"

"下不去手怎么办？不然那个人的命就保不住了。"杨贵珍说。

"俺护理的那个连长，赵军医官硬是从他身上取出三颗子弹来，取最后一颗子弹时，麻药没了，可这位大哥硬是一声没吭，把嘴里含着的一根桦木棍都咬碎了。唉，真是铁打的汉子啊！"

小姑娘王惠民一直闷头没吭声，这会儿突然说："我不想在医院里待了，我一看见他们遭罪就想哭。"

"那你喜不喜欢为他们做事情呢？"冷云问。

"喜欢是喜欢，他们还把我当成小妹妹，半夜里看我睡着了，不想惊动我，有尿也憋着……"

"这就对了嘛，他们是为打鬼子才负的伤，我们不去做鬼子才高兴呢！所以呀，我们要像照顾亲人一样照顾他们。"

138

"可我、可我真不忍心看……"小姑娘嗫嚅着。

又过了两天，胡秀芝忽然朝冷云要那只松鼠，冷云问她干什么用，她没说。冷云就把这只活蹦乱跳的松鼠叫她拿走了。

等到了晚饭时，她高高兴兴地跑过来说："冷云姐，他开始吃饭了。"原来她护理的那个被锯掉腿的战士，这几天一直不吃不喝，胡秀芝怎么劝也没有用。下午她把小松鼠拿到病房去，他眼睛就亮了，看着这个活泼可爱的小生命，他的情绪好转起来，竟然吃饭了。

晚上，冷云到病房去给杨贵珍补课，看见杨贵珍正搀扶着那个姓宁的连长在地上练走路。等他们停下来，杨贵珍已是一脑门汗了。"谢谢你，杨同志。""看你，干啥这样客气，难道你不是为打鬼子负的伤？"一看见冷云进来，杨贵珍不好意思地笑了。

冷云拿起书本，就在病房里教起了杨贵珍。那个宁连长也埋头写起东西来，还不时问冷云几个他不会写的字。

"杨同志，你是党员吗？"宁连长一边写一边问。杨贵珍摇摇头，说："俺还不会写入党申请书呢。""你让这位同志帮助你写一份。"宁连长建议说。杨贵珍瞅着冷云，冷云鼓励地点点头。

还有一天，冷云去医院看望伤员，王惠民一见她就说："冷大姐，你多教俺唱几首歌吧。"

冷云一愣，王惠民解释说："他们喜欢听俺唱歌，可俺只会唱那一首，你多教俺几首，就能给他们多唱几首了。"

这句话提醒了冷云，刚才她在病房里转悠，看到多数伤员情绪很坏，正想着该怎样发动妇女团战士来安慰这些伤员呢，惠民的话叫她眼前一亮，说："走，到我那里去，我现在就教你唱歌。"

打这儿以后，冷云不仅和王惠民一起到病房里给伤员唱歌，还把箫、长笛、口琴也带上了，又叫上李凤善等几名朝鲜族女战士，一起给伤员唱歌、吹乐器、跳舞，伤员围着她们鼓起了掌。伤员们更喜欢王惠民这个小姑娘了，她给伤员换药时，嘴里还情不自禁地哼出她常唱的那支歌：

日出东方分外红，
曙光照全城，
大家快觉悟，
看鬼子多奸凶，
中国人民被他坑，
我们真苦情……

她像只快乐的小鸟，在病房里转来转去，再也不是刚来时那个一见血就要流泪的小姑娘了。

这天下午医院匆匆送来一个伤员，这个伤员不是别人，正是周保中的警卫员小虎子。一听说周保中的警卫小虎子受伤了，大家都很紧张。冷云和周维仁得了信也赶过来看他，不一会儿柴军长也赶来了。

小虎子被抬进手术室去了，一颗子弹打在了他的肩胛上，一颗子弹打在了他的右胸上，赵军医官正在里面给他做手术。

柴军长问送小虎子过来的老金："小虎子是怎么负的伤？周总指挥没事吧？"

老金向柴军长说了详情：原来，昨天上午指挥部得到消息，驻守三道通的日军要偷袭密营驻地，周总指挥正带部队向石碴子密营转移时，途中遭遇了敌人，发生了激战。周总指挥在一棵大树后正指挥部队撤退时，有两个鬼子绕过来从侧面向他开了枪，小虎子扑了上去，挡住了飞来的两颗子弹。警卫班长带人打死了从侧面迂回过来的鬼子，掩护他们突围出去了。这次遭遇战部队伤亡挺重，上次起义过来的李承义团长也牺牲了。

一听说表兄牺牲了，周维仁紧咬着嘴唇，脸色苍白。胡秀芝听了也哭了起来，紧张地问："那我姐姐呢？我姐姐怎么样啦？"老金看了她一眼，认出她是李承义的妻妹，就说："李夫人没事，她半月前已被李团长安排下山回吉林老家去了。"

"怎么会这样？鬼子怎么会摸到周总指挥住的密营地呢？"柴军长问。

"是李团长手下一个营长告的密，这个营长忍受不了在山上挨饿受冻，就在一天夜里查岗时逃下山去，被日本人抓到了，他就供出了山上的密营驻地……为了赏钱，还带日本人上山来了。"

"唉，这个败类！"柴军长一拳头砸在自己的腿上。

柴军长离去后，冷云他们一些人还守在手术室外面，一个护士出来急急地问："谁是 B 型血？"大家愣愣地你望望我，我望望你，很多人并不知道自己的血型。

"我是。"冷云说，她在学校里验过血。

"跟我来。"她跟着护士走到手术床边，然后躺在了旁边的一张床上。护士把针管扎到了她撸起的胳膊上。等她出来，一群人又围上来问："怎么样？怎么样？"

直到第二天早上，小虎子才醒过来。他慢慢地睁开眼，扭转着头看看周围的人，嘴里轻轻叫着她们的名字："冷教员、王队长、云清大姐、惠民妹妹……"

"虎子哥，你醒来啦！"王惠民欢喜地叫了一声。

有人叫来赵军医官，他跟她们说："这个小伙子很坚强，昨天手术麻药没了，我让他吞大烟膏止痛，他说什么也不吞，我真担心他痛昏过去。"赵军医官不可思议地摇摇头。

"虎子哥，你疼吗？"惠民小心地攥起了他的手。

"不疼。"他笑着摇摇头，额头上一层虚汗。

"你知道吗，虎子哥，是冷大姐给你输的血。"惠民指着旁边的冷云说。

"谢谢你，冷教员！"小虎子抬了一下头说。

这时，王皮袄端着一钢盔热气腾腾的山鸡汤走了进来，笑呵呵地说："小虎子，这是柴军长特意叮嘱我给你炖的山鸡，叫你补补身子，多亏你保护了周总指挥。"

小虎子艰难地张开了口，说："这是我应该做的……"惠民接过鸡汤一口一口地喂起小虎子来。

听老金说，由于敌人封锁，指挥部密营半个月前就断粮了，仅靠秋天储存的土豆和山上的干榛叶、冻蘑菇充饥。考虑到周总指挥的安全，柴军长从自己的警卫班抽调几个人过去给周保中当警卫，同时又把自己驻地的粮食拿出一半来，叫他们赶着马爬犁捎过去。

没想到没过一周，周保中就带着那几个人到五军驻地来了。自从上次听说总指挥驻地被鬼子偷袭后，大家都很惦记他，一见他来，都围了上去。

周保中拄着一根棍子，见了柴军长，笑着打招呼："好你个柴大胡子，怕我挨枪子怎么的，给我派去那么多人？我周大个子命没那么金贵，粮食我要了，人我不要，完璧归赵。"

柴军长就说："还不金贵？小鬼子去年还悬赏五十万大洋要你的人头，今年就论斤了，一斤肉一斤黄金，看你的肉都成金肉啦。"

听了这话，大家纷纷笑了起来。然后柴军长忙引着周总指挥到医院，去看小虎子。

经过一周的调养，小虎子伤口渐渐愈合了，已经能坐起来了。周保中一进来，他就从床上要翻身下地，周保中忙过去按下他："别动，别动，你的伤还没好，别抻着伤口。"

小虎子逞强说：“周总指挥，俺没事，俺都能下地了，俺真想早点儿回到你身边去，没俺在你身边俺不放心。”

周保中摸摸他的头，动情地说：“小虎子，你已经救过我两次命啦！这次突围又多亏了你，要不我周大个儿命再大也报销啦。”

看赵军医官进来，周保中把他拉到一边问了一下小虎子的伤情，又问医院有什么困难。赵军医官说，现在医院药品短缺，麻醉药品更是不够，伤员做手术很遭罪。周保中听了点点头，说一定得想办法搞到药品，缺少药品比缺少粮食还可怕，又看见冷云她们几个在病房里给伤员唱歌、吹笛子、吹口琴，就说：“你们的歌声会减轻战士伤痛的，你们女同志做得好。”

临走，他又来到小虎子床前，叫他安心养伤，伤养好就来接他走。

33

东北的天，一进腊月就鬼龇牙，深山老林里更是冷得能冻掉人下巴。呼呼的北风在挂满厚厚白雪的松树林子间窜来窜去，直撕人的脸。

一个夜里去换岗的哨兵走到哨卡子上，看到一个挂满白霜的身影直挺挺站在一棵松树旁，他喊了两声对方没有反应。上前一摸，对方的身体僵硬得像个冰坨，已经死了，那杆握在手里的枪怎么掰也掰不开。柴军长知道后，下令驻地站岗的哨兵，夜里一律钻进卡子营里不许出来。

这几天倒是有山下的同志蹚着没膝深的雪，冒着被冻死的危险上山来，一来就进柴军长的屋里去了。人们纷纷猜测，看来要有大仗打了。

143

腊月二十三是小年，冷云正跟王玉环队长在医院里慰问伤员，就有人来叫王队长去开会。王玉环就跟来人匆匆走了。

军部里一屋子人挤得满满当当，除了营地的首长，连驻外围的师团长也来了，屋子里被众人抽的旱烟弄得乌烟瘴气的。有人看到王玉环就问："打仗是咱爷们的事，叫娘儿们来干啥？"

柴军长磕掉烟袋锅里的烟灰，把烟袋锅放进鹿皮烟袋包里，说："大家别嚷嚷了，听我说，你们不是老吵吵打鬼子吗？现在机会来啦！根据内线报告，这几天驻刁翎、莲花、林口的日军正在进行年前换防，明天就有从莲花、刁翎出来的三百多日军乘马爬犁到林口去，我们就下山埋伏在大盘道打他一家伙，这可是小鬼子给我们送上门来的一块肥肉，不吃它我们年都过不好，是不是？"

大伙一听都喜上眉梢，接下来柴军长叫参谋展开了地图，向各团布置了埋伏地点，领受任务的各团长就走了。最后柴军长对王玉环交代说，妇女团担当预备队和抢救伤员的任务。

等其他人都从屋子里陆续走了，柴军长还摸着大胡子在琢磨什么，他问王皮袄："鬼子有三百七十人，一张马爬犁坐四个人，一百张马爬犁就够了，为啥我们的内线说他们弄了二百多张马爬犁呢？"

王皮袄想想说："那一百张马爬犁是拉'年货'的吧。"

柴军长就想起前一阵山下村屯内线来报，鬼子以征集过年慰问品为名，到各村屯抢了不少鸡鸭猪羊，看来鬼子是想回林口过个肥年啊。

天黑了下来，集合的部队陆续出发下山了，营地里被点起的松明子照得通亮。妇女团是半夜时分下山的，只留下了王惠民、李凤善等几名战士在家照顾伤员。

那边，宁连长拄着一根桦木拐杖把杨贵珍送到门口，他恨自己的伤还没有好，不能和她们一起参加战斗。杨贵珍笑呵呵地说："到时候俺多杀两个鬼子，算替你杀的。"宁连长把夜里刚磨过的大刀片子给她背上，嘱咐说："这一仗打的全是鬼子，你可要当心啊！"她们这一队人就在王皮袄带领下，跟在警卫连后面下山了，黑林子一会儿便隐去了她们身披雪粒的身影……

天亮时，大盘道公路上静悄悄的，浓重的寒雾笼罩着两侧的山峦。大盘道这一带是七拐八转的环山路，两侧山陡林密，东侧山坡上是白桦林，西侧山坡上是柞树林，都被厚厚的雪覆盖着。早早埋伏在山坡林间的战士们身上、帽子上也都挂了厚厚的白霜，连眉毛、胡子都白了，如果不是走到跟前根本发现不了雪窝子里趴着人。

妇女团的女兵们埋伏在蛤蟆塘山坡上，防止战斗打响后鬼子从这里逃窜上山去。在她们右前方五十米就是主攻部队，有两挺机枪隐藏在两棵老柞树身后。

柴军长也埋伏在那里的一块大山石后面，他不时端起望远镜向公路北侧望着。向北四十里就是刁翎镇，弯曲的公路像一条蛇盘卧在山根下。

已经是上午九点钟了，北边的公路上还一点儿动静都没有，就有人着急，小声嘀咕起来。柴军长传话，叫大家沉住气，敌人一定会来的。不知什么时候天上又飘起雪花来，被风吹着像纱布似的，一层一层披在埋伏在雪地里的人身上。

又过了很久，快近晌午了，果然从北面的公路上传来了马爬犁"呲呲——嗖嗖——"的摩擦雪地声，紧接着就看见鬼子裹着严严实实的黄大衣、狗皮帽子坐在马爬犁上来了。有七个马爬犁走在前面，是鬼子尖兵。后边的马爬犁排出去有一里多地远。

柴军长让人往下传令，一定等鬼子后边的大队都进了伏击圈再打。

鬼子的七个尖兵马爬犁"嗖嗖"地跑过去了。后边的大队跟上来，"呲呲、啦啦"卷起一股雪尘。柴军长还没下命令，忽听"砰、砰"两声枪响。大家都愣了，柴军长急忙问："谁开的枪？"

从树上滑下来一个侦察兵："报告军长，不是我们开的枪，是鬼子尖兵开的枪。""发现了我们吗？""还不清楚。""告诉大家不要动，你再上去观察。""是。"

鬼子尖兵开的这枪，不仅惊动了山上埋伏的柴军长，也惊动了坐在马爬犁队伍中间的日军指挥官，他挥手叫队伍停了下来，向传令兵问道："有情况的干活？"传令兵跑到前边去了，过了一会儿跑了回来："报告指挥官，前面的山坡上发现了一只狍子，我们的尖兵开的枪。""狍子？哟西——"他转动了一下眼珠，而后长出了一口气说，"传令，统统地开路！"原来这个日军大佐看到崎岖弯转的盘山道，正在担心两侧山上有埋伏，这会儿听说山坡上有狍子在走动，就不可能有马胡子在山坡上埋伏了，就传令队伍放心大胆地走了起来。

看到山下长蛇一样的队伍又缓慢地移动起来，柴军长心中暗喜，等后边的马爬犁也进了伏击圈，他喊了一声："打！"

"啪啪——""突突——"机枪、步枪一齐射击。手榴弹也纷纷向山下投去，"轰轰——"在马群中间开了花，炸得马受惊嘶鸣起来。还没等鬼子反应过来，马匹就拖着马爬犁向公路四下乱跑，有的日本兵还没从马爬犁上跳下来，就被扣翻在雪窝子里；还有的马爬犁撞在山石上，人和爬犁被撞得四分五裂。

公路上那些被惊马甩下马爬犁的鬼子，从刁翎出来大半天了，腿都冻僵了，还没等活动开腿脚，就被子弹穿透了胸膛。

过了一会儿，日军大佐渐渐缓过神来，他指挥着拉着机枪和小钢炮的马爬犁向山上还击。"突突突"，机枪子弹横扫过来，压住了东侧山上的火力；"轰、轰、轰——"小钢炮的炮弹又落在西侧山坡上爆炸了。西侧山上的柴军长就命令各团狙击手，瞄准敌人机枪手、钢炮手射击。他们没有掩体，不一会儿被击中倒在了一边。有两挺机枪和一门小钢炮哑了火，还有一个马爬犁拉着机枪乱跑，在公路上画起龙来。

战斗开始没多久，周维仁就从一个负伤的战士那里接过一把三八大盖，向趴在公路上的鬼子瞄准射击。"……两个、三个、四个……"他咬着牙在心里默数着。这会儿他又转向一个小钢炮手，瞄着瞄着他扣动了扳机，一个小钢炮手应声倒地，他正想再瞄准时，一发射来的小钢炮在他身边爆炸了，他一下被震晕了，头部被一块弹片擦伤。

"快，快来把周秘书抬下去。"柴军长看到了，向人喊道。

战斗一直打了两个多小时，死伤过半的鬼子开始突围了。他们像无头苍蝇似的向两侧山坡上乱窜，又被冲锋下来的战士打得"哇哇"直叫。只有中段公路边上的鬼子还在日军大佐的指挥下顽抗着。

战斗打响时，第一次参加战斗的胡秀芝身子还直哆嗦，这时她听见身边的黄桂清说："我一定让小鬼子尝尝手榴弹的滋味，为我爹报仇！"听了这话，胡秀芝握枪的手也不哆嗦了。

前边的枪声响到晌午过后，果然像王皮袄说的，有二十几个溃散的鬼子从山岗的豁口逃到这边的蛤蟆塘来了。二百米、一百米、五十米……王玉环喊了一声"打"，她们一齐向逃进洼塘的鬼子射击起来，鬼子一阵"哇哇"乱叫，丢下两具尸体，撤到树后不动了。等他们看清前面是一伙女兵时，又端枪冲过来。

子弹"嗖嗖"地从大家耳边擦过。"快趴下！"王玉环拉了站起身的黄桂清一把。"姑娘们，不要慌，瞅准了打！"王皮袄在一棵树后喊道。"啪、啪！"随着他手里的枪响，又有两个鬼子应声倒地。

女兵卧在树后，除了王玉环、徐云清几个老兵打着了鬼子外，其他人的子弹都打飞了。鬼子嗷嗷叫着冲过来，有的女兵更慌了。胡秀芝举着枪瞄了半天也没扣下扳机，一个鬼子狞笑着端枪冲上来，离她藏身的树只有两步远了，她呆住了。

"打呀！"冷云大喊了一声。胡秀芝扣下了扳机，子弹射中了鬼子的脑门，他直挺挺喷着血倒在了她身边。"我打死鬼子啦？"胡秀芝吃惊地看着，胃里一涌，弯下腰呕吐了起来。

"小心，秀芝！"正在这时，侧面冲过来一个鬼子，端起刺刀向胡秀芝刺去。"啪"的一声枪响，冷云从上面开枪射中了那个鬼子。他扑倒在胡秀芝面前，吓了她一跳。"快起来，到树后卧倒！"冷云又喊道。

那边，黄桂清打了几枪，一发子弹也没击中鬼子，正着急时，三个鬼子端枪朝她这边冲过来，她举起手榴弹就扔。那三个鬼子忙卧倒在地，看半天没动静，黄桂清拿着一颗手榴弹就冲了过去，照着一个鬼子头上就砸，那鬼子头一歪倒在一边了。她刚起身，另一个鬼子把她扑倒在地，双手捏住了她的脖子，她正上不来气时，一把大刀砍在了这个鬼子的头上，鬼子脑袋开了瓢倒在她身上。另一个鬼子扑过来把拿着大刀的杨贵珍摁倒，王皮袄又从远处开了枪把鬼子打倒了。这时警卫连的战士冲过来，把剩下的鬼子都打死了。

大家打扫战场时，黄桂清还蹲在那里，对着那个脑袋流着白花花脑浆子的鬼子呕吐不止。冷云走过去，问："没事吧？"她脸色惨白，惊异地问道："冷教员，我刚才扔的手榴弹咋没响呢？"冷云捡起那个手榴弹看了看，笑着说："傻丫头，你没拉弦啊。"黄桂清也不好意思地笑了。

战斗结束了，这一仗打死鬼子一百多人，生俘三十八人，缴获小钢炮两门、机枪四挺、三八大盖一百多支、马爬犁一百四十张、马三百多匹，还有军大衣、毛毯、钢盔不计其数。下午大家将伤员用马爬犁先送回山里，然后部队撤到了徐家子村休整。

进了村子后，柴军长召集群众开大会，把鬼子强征来的马匹属于农民的退还原主，属于地主的一律没收。其他强征来的年份子——猪、羊、鸡、面粉、大米，也发放给群众一部分。

村子里一个姓黄的农民当即把返还给他的猪杀了，晚上炖了杀猪菜给抗联的人吃，说没有抗联他家也没有猪过年了。村中另外两个农民也这样做了，盛情难却，柴军长只好叫部队和乡亲们一起吃了晚饭，才上山回密营。

34

周保中听说五军打了大胜仗，特意来到三道河子密营驻地来看望大家。一见面他就对柴世荣说："我就知道你柴大胡子一出山肯定能打胜仗，这回可叫熊谷好瞧啦。"柴世荣就把这次大盘道伏击战的情况向他做了汇报，并特意提到了妇女团，说她们表现得都挺勇敢。周保中就叫他陪着到妇女团驻地来看望大家。

此时妇女团的同志都在医院里忙活着，这次战斗又增加了不少新伤员。医院里人手不够，连病房都不够用了，有的伤员就安排到妇女团住的地窖子里。

冷云的丈夫周维仁也负伤了，他的伤势不太严重，头部被弹片擦伤，赵军医官就安排他回自己家的地窖子里，由冷云来护理。周保中一走进来就对头上缠着绷带的周维仁说："周秘书，听说你这次战斗打死了五个鬼子，可真了不起。"又对冷云说，"你第一次参加战斗能这样沉着冷静，也很了不起，不仅打死了两个鬼子，还掩护了战友。"

医院病房里，一群伤员正围着这次战斗缴获的一台日本留声机听歌，王惠民也站在人群中好奇地瞧着这新奇物。周保中见了就走过来对她说："小鬼，听说你歌唱得很好，敢和里边的姑娘比试比试谁唱得好听吗？"

"敢！"王惠民说着就围着留声机转来转去，又要过来一把匕首想拆开它看看。

周保中哈哈大笑，说："小鬼，不要拆了，你拆了那个，它就不会唱歌了。"

"真的吗？"王惠民半信半疑。

周保中又说道："小鬼，你以后和冷教员多学文化知识，就明白它为什么会唱歌了。"

王惠民不好意思地点点头，想想刚才的举动多让人笑话啊。

周总指挥又去看小虎子，小虎子说啥也要跟周总指挥出院。周保中就问赵军医官，赵军医官说他的伤还得养一阵子。周总指挥就说等过了年再接他回去。小虎子嘟起了嘴。

来到宁连长的病房里，杨贵珍正在给宁连长喂米粥，宁连长一见周保中进来就推开饭碗，说："周总指挥，俺要回部队上去，在这里看人家杀鬼子，我这心里着急死了。"

周保中说："好你个宁满昌，我看你不是着急，你是看人家女同志都杀了好几个鬼子，你这宁大刀片子脸上挂不住了，是不是？"

"还是老军长了解我。"宁连长嘿嘿地笑了。宁满昌原来也在周保中的警卫连干过。

走出病房，周保中问跟着的王玉环队长："那个给宁连长喂饭的女战士是谁啊？"王玉环说："她叫杨贵珍。"周保中就笑着对柴军长说："他们倒是蛮合适的一对啊。"

周保中带人离开营地时，柴军长把这次缴获的两门小钢炮、两挺机枪，还有军大衣、猪肉、鸡、大米、面粉，给他们装上马爬犁带了回去。

腊月三十这一天，密营营地里充满了浓浓的年味儿，妇女团地窨子门口都贴了由冷云写的对联。上回下山缴获的猪肉让炊事员炖到了一口大锅里，放上一把山花椒，一股浓浓的肉香味儿就从伙房里飘散出来。妇女团的战士在冷云的带领下正在赶排晚上演出的节目。还有一件大喜事，就是杨贵珍和宁满昌连长在王玉环和柴军长的撮合下，准备今晚成亲了。

老林子里太阳走得快，天刚擦黑，营地外面的林间就点起了松明子。在空地里，大家笼起了两堆篝火，先给宁连长和杨贵珍举行婚礼。宁连长除了左胳膊还吊着，身上的伤已经好了，他特意把胡子刮干净了，穿上一身干净的军服；杨贵珍头上戴着一朵红花，低着头不好意思地抿嘴笑着。

婚礼由柴军长主持，火堆前边摆着一长条桌，桌上摆着炸好的热气腾腾的三盆猪肉，两个大碗里都倒满了酒。柴军长端起一碗酒来，说："今天我们在山里过一九三八年的春节，前几天我们刚打了一个大胜仗，今天又逢宁满昌同志和杨贵珍同志喜结良缘，真是喜上加喜啊！周总指挥特意捎信来让我代他向这对新人表示祝贺，他也给我们大家拜年，让大家在山里过个快乐喜庆年。现在我提议，为这对新人，为早日把小鬼子赶出中国，干杯！"

大家喝了碗里的酒，宁满昌和杨贵珍又走过来给大家敬酒。大家冲这对新人喊着："甜哪，来年甜（添）一个胖小子！"

不一会儿，吃过年饭喝过两位新人喜酒的人们，又围到了空地的火堆前。女战士排成了三排，女声小合唱开始了，她们先唱起了《举起工农红旗来》：

> 雪花飘飘万里白，
> 西风透心怀，
> 同胞们快起来，
> 一致纷纷把日排，
> 打倒日本帝国好快哉呀，
> 杀走狗好气派呀……

又唱了一首《抗日大联军》：

> 十大联军十万人，
> 救国抗日一条心，
> 步炮联合除日寇，
> 铁骑纵横扫妖气，
> 但愿民族解放，
> 白山黑水庆升平。

接着有小战士王惠民的独唱，有冷云的长笛独奏，还有王皮袄的山东快板书《我们过年，鬼子过关》。他歪戴着一顶日本军官帽，松垮的马裤上挎着一把日本洋刀，学鬼子的洋相把大家逗得哈哈大笑。

一直闹腾到了半夜，大家又吃了冻饺子，这才回地窖子里睡觉去了。那两堆篝火渐渐熄灭了。瞧，大家在外面站了大半夜，竟忘了寒冷。

35

春节过后，山下的日军加紧了对山上的封锁。年前那次在大盘道遭袭，让驻刁翎的熊谷大佐十分恼火，为此他命令从春节到山上化雪、树木发芽这三四个月中，禁止任何人上山砍柴、打猎，如发现有人上山，通通格杀勿论。等树木绿了的时候，他再带人进山"清剿"。

山上的日子确实一天比一天不好过了，年前缴获上山的食物，没等吃到农历二月二就吃光了。柴军长发动大家想办法寻找一切可吃的东西，到红松林地去寻找被松鼠埋藏在地里的松子；去榛柴棵子里扒被雪盖住的榛叶，这些榛叶放在锅里煮熟了可以吃，不过这种叶子吃多了，拉屎很费劲，拉出的屎像驴屄屄蛋；还组织人去套野物，不过附近山林里的野物都差不多被套光了，往远了走又怕迷了山。偶尔套到一只狍子或山兔，柴军长就叫送到医院去给伤员吃。柴军长的烟袋锅里也好长时间没有黄烟丝抽了，烟瘾上来，他就用干桦树叶或榛柴叶代替，常常呛得大声咳嗽。

由于饥寒，许多人病倒了。妇女团的冷云和王惠民都得了伤寒，持续发烧不退。赵军医官来给冷云打针，冷云坚决不同意，她知道这半针药是医院里剩下不多的盘尼西林。她要留给最需要的同志。

周维仁头部的伤已经好了，就去外面的小河里凿冰块回来裹在毛巾里给冷云降温。夜里他把屋子烧得通热，可冷云还是冷得浑身发抖。他又把两条棉被给冷云裹在身上，把她连人带被紧紧抱在怀里。

冷云浑身颤抖，哽咽着说："维仁，我是不是要死了？我会不会死……"

周维仁摩挲着她的头发，说："你不会死的，你一定会好起来的，我们还有那么多事情没有做完。你身上还怀了我们的孩子……你一定能挺过来的。"

一听到孩子，冷云的眼里有什么东西像炭火一样亮了一下，是呀，自己怀着身孕呢，为了孩子她不能再胡思乱想了。她依偎在丈夫的怀抱里，渐渐地睡着了。

小惠民也烧得直说胡话，赵军医官过来给她打针，她说什么也不打。她还对王皮袄说："爹，从小你就说我是个皮实孩子，我呀根本就不知道啥是药。"王皮袄点点头，心疼地抱紧了女儿，一行泪从这个整天笑呵呵的男人脸上淌了下来。

寒夜里的山风呼呼地吹着，让松林间发出怪叫声，炉膛里的火紧一阵慢一阵地呼呼作响……王皮袄此时思绪万千，部队现在这种困境，他看着比谁都着急。"一定得想办法下山搞到点儿吃的东西，搞到点儿药品。"他在心里默默地说。

王皮袄第二天就带两个人偷偷下山了。他们化装成村民，午后摸到他以前来过的一个堡垒户（跟抗联暗中有联系的老乡家）的村子外边。等到天黑了才走进村子，他敲开这个堡垒户家的门，这个堡垒户老何吓了一跳："你咋下山来啦，你不要命啦？"

王皮袄嘘了一声，示意他小声点儿，到屋子里去说。留下一名战士在院子里警戒，他们走进屋去。王皮袄向他说了山里的情况，老何听了就叹息了一声："俺知道你们山上困难，小鬼子这么歹毒，就是想困死你们。"

王皮袄问："能不能搞到点儿粮食？"

老何说："就是搞到粮食你们能拿上山去吗？上山的道都让日本人封死了，各村子里还布有密探。"

"这个不要紧，我们会想办法弄出去的。"

"等明天我去找一下另两个堡垒户看看再说。你们三个就待在我家里，千万别出去，叫村里人看见。"王皮袄点点头。

老何天一亮就出去了，他把王皮袄他们三个弄进一堵假山墙里面待着，这假山墙里有半米宽三米长的墙洞，他们可以躺在里边睡觉，留一个人坐着听外边的动静。到了晌午，老何回来了，说是三个堡垒户商量了一下，每家挤出一袋苞米面给他们带上山去。

王皮袄握着老何的手千恩万谢，他知道这是他们三家一大家子人从牙缝里挤出来的过冬粮食。他又问老何能不能搞到点儿盘尼西林，老何一听脸色就变了，说这个可不太好弄，并说头两天村西头有一户农民去镇上买了两盒盘尼西林给家里得肺痨的儿子用，结果刚一到家就被日本宪兵队跟踪到家，硬说他是给山上的抗联带药，不由分说开枪就把老头儿打死了。那炕上躺着的儿子一看爹死了，跳起来要跟日本人拼命，结果又被日本人一枪打死了。早上他出去时，还看见那个老婆子守在两个新坟头上哭呢。"狗日的鬼子心太黑啦！"老何说。

王皮袄听了，就打消了叫老何去镇里弄点儿药的念头。

天黑时，老何准备好了三袋苞米面，让自家的毛驴驮上，悄悄送三人出村子。临分别时，他突然从兜里掏出两盒盘尼西林来。王皮袄见了一惊。

老何说他去过村西头那户农民家了，果然像他预料的那样，那两盒药还在呢，那个可怜的老婆子一听说药是送给山上抗联的，钱也没要，还说让你们给她死去的男人和儿子报仇。

王皮袄听了很感动，他紧紧地握了握老何的手，三个人和毛驴就悄没声息地消失在夜幕里了。

在黑黢黢的山林子里走了一阵，忽听身后有动静，王皮袄就叫那两个战士牵着毛驴在头里走，他落在后边仔细听，果然没走多远林子里传来了"唰唰——"的蹚雪声。

王皮袄躲在一棵老椴树后学了声猫头鹰叫，前边一个战士悄悄贴过来。王皮袄在他耳边说："有敌人跟着我们，我想办法把敌人引开，前边那个山崖里有一个山洞，你俩把粮食藏到洞里边，记住把雪里走过的脚印用树枝扫掉。"

王皮袄拐向了另一个方向，后边的脚步声果然跟了过来。王皮袄走，后边树后的黑影也跟着走；王皮袄停，后边的黑影也跟着停。走了约莫两袋烟的工夫，他算出那两个战友应该找到山洞了，就从树后掏出枪来，瞄着一个黑影开了枪。"啪！"那个黑影应声倒地。后边的黑影一躬身卧倒在雪地里。"站住，你跑不了啦！"

"啪！啪！"回答的是两声枪响。

这时，后边响起一排枪声来，王皮袄边打边往后撤，他想甩开敌人。"嗖嗖——"子弹擦着他的头顶飞过。"啪！啪！"他又连连射击着……突然枪卡壳了，子弹打没了。"投降吧，马胡子没子弹了！"追上来的黑影喊着。一颗子弹击中了王皮袄的小腿，他倒下了。

这时在他左侧方响起了两声枪响，一些鬼子又向那边冲去。是另一个战友来接应他了。原来那个战士找到山洞后，把同伴和毛驴关进去，遮好洞口，扫掉雪地里走过的脚印，就循着枪声过来接应王皮袄了。

王皮袄掏出怀里的一颗手榴弹，背着身等鬼子围到他面前来，突然拉开了弦，"奶奶的，爷爷送你们回老家！""轰——"一道火光，王皮袄大笑着与号叫的鬼子同归于尽了。

持续了一阵的枪声停了下来，老林子里又恢复了寂静。

密营驻地的人在第二天下午，从那个牵着毛驴回来的战士口中得知了王皮袄和另一个战士牺牲的消息。

夜里，柴军长叫人把两人的尸体收回来，埋在了营地的两棵老红松下，树身上刻上了他们的名字。

柴军长为他俩主持了葬礼。冷云和王惠民也在别人搀扶下来到了王皮袄的坟头前，小惠民哭成了个泪人："爹，你不是说要和我一起下山去找娘和妹妹吗？你怎么丢下我走了呢？"冷云眼里也涌上了悲痛的泪水，回来的那个战士告诉她，王皮袄特意叮嘱要把带回的药给她俩各用一支，这是王皮袄用命换来的药啊。

转眼，春天来了，山上的雪化光了，从山下传来了熊谷要带部队搜山的消息。柴军长就决定把山里的部队分散到山下各屯子里去活动，跟敌人玩捉迷藏。密营只留下一个营担任保护医院的任务，妇女团也跟着下山去了。

分别这天，宁满昌早早来到妇女团驻地同杨贵珍告别，自从伤好后他就归队了。这回他要随二路军指挥部到喀上喀去，这一分别不知什么时候才能见面了。杨贵珍把连夜织的一副线手套塞给了他。

周维仁也背好行装，和冷云在地窖子门口告别。周维仁要随军部行动了。冷云已被任命为妇女团指导员，她们妇女团要和军部分开行动了。周维仁说："冷云，我们就要分开了，你要照顾好自己。"自从上个月得了那场伤寒后，她身体一直很虚弱，这叫他隐隐有些担忧，此时他多想留在她身边啊。

"维仁，你放心好啦，我会照顾好自己的，还有咱们的孩子……"说到这里，冷云笑了笑，用手摸了摸自己的肚子。

"冷云……"

"什么？"

"不知道我们什么时候能再见面。"

"我想用不了多久的，等局势稳定下来，妇女团还会和军部在一起行动的。"

这时胡秀芝跑过来叫冷云，说妇女团开始集合了。冷云看了周维仁一眼，深情地说："维仁，我该走了。"这还是在悦来镇小学相识共事以来，两人第一次分别。此时他俩心里都有千言万语要说，可是没时间说了。

周维仁替冷云理了理被风吹乱的头发，只说了一句："你走吧，路上多加保重。"

冷云依依不舍地点了点头。

冷云和胡秀芝刚刚走了几步，又听背后周维仁叫了一声："冷云！"

冷云回过头来，望着他："还有事吗?"就听站在那里的周维仁冲她招招手说："等你生时告诉我一声，我去照顾你。"冷云心头一热，也招招手赶紧跑步走了。

妇女团的人都集合完毕，点了名，只少了王惠民。王玉环队长正焦急地寻找，冷云说了一句："我去找。"就朝那边红松林里走去。

王惠民果然站在那棵老红松树下的坟头前，在同王皮袄告别："爹，我要走了，等回来时我再来看你……"

36

妇女团转移下山后，隐蔽在距刁翎镇北三十多里一个叫河西屯的村子里，这个村子西面是山，东面是一条刚刚开化的河，河岸边是成片的柳毛子。刚住下来时，冷云问房东老乡家的菊花姑娘这条河叫什么名字，菊花告诉她叫乌斯浑河（满语，凶猛暴烈的河）。她又问这个怪名是什么意思，菊花却也说不清了。

菊花今年十六岁，扎着一根长长的大辫子，是个手很巧的姑娘。

158

家里的柳筐、柳篓都是她编的。听她姥姥讲在菊花很小的时候，她爹娘就染上出血病（鼠疫）死了，她就一直寄居在姥姥家里，姥爷过世后，她就与姥姥相依为命。

白天，冷云在院子里给黄桂清、杨贵珍、王惠民她们几个上课，也叫菊花来听。菊花开始忸忸怩怩有些不好意思，后来就搬个小凳子坐在后面听了。晚上人走了后，她问冷云："她们说你以前是教书先生？"

冷云点点头。

"那你为什么不在学堂里教书？"

"出来打鬼子呀。"

"那个小姑娘也能打鬼子吗？"她说的是王惠民。

冷云说："能啊！她十一岁就跟着她爹上山参加抗联了。"

菊花眼里露出惊讶的目光。她说姥姥不叫她到外边去，她们村子离鬼子据点近，每次鬼子来村子里扫荡，她姥姥都把她脸抹锅底灰藏起来……这种日子她恨透了。

在河西屯住了有半个多月的光景。这天，王玉环队长到冷云她们这里来，说联络员传来消息，他们五军别的部队下山落脚后，都向各个留守在据点里的敌人发起了攻击，打了不少小胜仗，搞得进山搜索的熊谷部队摸不清他们抗联五军现在去了哪里。大家听了都很兴奋，纷纷说妇女团也要寻机打鬼子一下。

过了两天，王玉环又找到冷云，说村子里一个堡垒户讲，距村子二十里远有一个炮楼据点，驻有伪军一个连，前一段熊谷搜山调走了两个多排，只留下了十多个伪军。炮楼里每隔两天都要村子里派人去给他们做饭，后天轮到郭大爷家，不如我们派两个人跟郭大爷进去，里应外合把这个炮楼端了。冷云也觉得这样行，王玉环就说："我化装跟进去，你带人埋伏在外边，另一个让谁去呢？"正巧这时胡秀芝进来了，她说："让我跟你去吧。"两人点了点头。

说着话送王玉环往外走，王玉环看了一眼冷云的身子，问："你身子能行吗？要不留在家里吧，让杨班长去指挥。"冷云说："我没事，能行。"王玉环说："那你一定注意安全。"冷云点点头。

后天是个集日，一大早有赶毛驴车的、挑着担子的屯民往集市上去。妇女团的人就混杂在去西岗村赶集的人群中，那集市离炮楼只有一里来地。

上午九点来钟，炮楼吊桥前走来了一个挑菜担的老头儿和两个挎着菜篮子的村姑，桥那头背枪站岗的伪军问："干什么的？"

那老头儿回答："给老总做饭的。"

"哪个屯子的？"

"河西屯的，是王甲长叫来的。"

吊桥就放了下来，王玉环和胡秀芝挎着菜篮子跟在郭大爷后边走了过去。

"站住，干什么的？"他们刚要往炮楼里走，迎面过来一个伪军排长模样的人。

"报告马排长，他们是河西屯安排来做饭的。"伪军哨兵说。

那马排长就盯着王玉环和胡秀芝，问郭大爷："她俩是你什么人？"

"这个是俺儿媳妇，那个是俺闺女。"

"你闺女……"马排长色眯眯地盯着胡秀芝看，然后低下头来准备搜胡秀芝的菜篮子。胡秀芝故意躲闪着，要知道她筐里白菜下面就藏着两枚手榴弹呢。

马排长狞笑着，趁机动起手来摸胡秀芝的身子。"老总，别这样，俺是来给你们做饭的。"胡秀芝躲在了王玉环身后。王玉环悄悄把手伸进了她的菜篮子里，握住了盒子枪。

正在这时，又从炮楼里走出一个人影来："什么的干活？"

"报告太君，是屯子里来给做饭的。"马排长停住了手，立正报告。

"哟西，花姑娘的，大大地好。"日本军官也色眯眯地盯上了胡秀芝。

却说胡秀芝看见有鬼子从炮楼里走出来，怒从心起，她恨不得立刻拉响手榴弹，看王玉环直向她使眼色，她稍镇定下来。她用余光向吊桥外看去，看到自己人正往这边靠近。

"花姑娘的，里边的干活。"那个日本军官一摆头，马排长立刻弯下腰点着头说："好，好，太君先请，我把她们带进去。"

说着，马排长扯着胡秀芝往炮楼里走去。走到门口，胡秀芝看到炮楼里梯凳下面还有几个日本兵和伪军在喝酒，不能再等了，她朝后边的王玉环使了个眼色，看那个日本军官走下最后一级台阶，就迅速从篮子里掏出手榴弹来，两个一起拉开了弦。跟在后边的马排长一见，大叫了一声："妈呀！女抗联——"他话说到半截，就被王玉环一枪打倒在地。

胡秀芝把冒着烟的手榴弹也扔了进去，"轰"的一声里边炸开了花。听到枪响，郭大爷一扁担打在那个还在发愣的哨兵头上。吊桥那边的人扔掉小车和柳条筐抽出长枪也冲过来了。

"砰砰——""啪啪——"一阵枪声大作，岗楼上面还有敌人抵抗着，胡秀芝就又把几个战士的手榴弹捆在手里，一起拉着扔进了炮楼里。

"轰——"又一声巨响，炮楼炸塌了，上面的伪军连人带枪被炸得飞了出来。

不到一个小时，战斗就结束了。冷云叫大家打扫一下战场迅速撤离，因为这里离刁翎镇不到二十里，敌人很快就会赶过来。

撤离后，她们没走大道，而是顺着乌斯浑河边的柳毛子回了村子。

听说姐姐们白天打了大胜仗，菊花去河里捞了一柳筐活蹦乱跳的河鱼，做给她们吃。夜里她和胡秀芝躺在一起听她讲白天的事情，听完，她突然问："秀芝姐，你炸炮楼不害怕吗？"

"不害怕，因为我是抗联战士了，你想想鬼子害死了我们多少人啊。"

"秀芝姐，我能参加你们的队伍吗？"

"好啊，等明天叫冷指导员跟你姥姥说说。"

"那你也帮我说说？"

"行。"胡秀芝痛快地答应着，她觉得自己现在真的变了一个人。

第二天，妇女团接到上级命令，让她们转移到别处去，防止鬼子来报复。

上午，胡秀芝刚在地里给老乡干完活，一进院就看见冷云挺着大肚子和菊花姥姥说着话。老人家一边说一边哭，那边杨贵珍拿着剪子给菊花剪辫子，菊花也哭成了泪人。

胡秀芝说："哭什么哭啊？走了好，省得鬼子来你再东躲西藏了，不把鬼子打出去，能过上太平日子吗？"

菊花小声嘟囔着："俺不是不舍得走，俺是心疼留了这么些年的大辫子。"

听她这么一说，大家又都笑了。

走的这天早上，菊花的姥姥顺着河边一直把她们送出去好远，还拉着菊花的手不松开，絮絮地问什么时候回来看姥姥。菊花说有空就回来，老人这才松开手。

部队刚刚开到另一个村子，还没等住下，王玉环就带着一个人匆匆来见冷云，冷云认出是她见过的联络参谋老金。王玉环说："上级考虑你要生了，跟着行军打仗不方便，把你安排到一个安全的老乡家里去。你跟老金走吧。"

冷云想想再这样跟部队走也是件麻烦事，只好答应了。

在路上，她问老金："你见到过周维仁吗？他还好吗？"

老金说："见过，周秘书他还好。"

一排大雁排着人字形从头顶飞过，暖暖的风温柔地拂着她的脸。路边的柳树都绿了，垂下来的柳枝长长的、软软的，那"毛毛狗"像音符一样在她眼前跳动。

那一刻她觉得肚子里的孩子蹬了她一下，这令人期盼的小生命啊，让她暂时忘掉了眼前的战争。

37

走了两天一夜，走过了乌斯浑河，走过了牡丹江，化装成农民的老金就把冷云带到了依兰县境内的一个叫南小屯的村子里。这是一个静谧的小村庄，四周围着不高的山包，山上长着稀疏的白桦树。屯子里十几户人家的泥草房檐下，都吊着好几串红辣椒，红得刺人眼目。

这十几户人家都是朝鲜族。老金把她领进一个姓朴的人家里。这户人家只有老两口，看来老金早已和他家熟悉了，连门口那条黄狗见他走进院来也没有叫唤。

老金交代他们几句，吃过中午饭就走了。

老金走后，冷云觉得空落落的，一下子置身在这么个陌生的小屯，远离了战友和亲人，现在她和外面唯一的联系就是老金了，不知道他什么时候还会再来……

两位老人对她很好，吃饭时总是叫她多吃点儿，慈眉善目的朴

163

大娘总是盯着她肚子看。傍晚时，朴大爷还带着他的狗去林子里套了一只兔子回来。

她想帮他们干点儿活，可是朴大娘总是不叫她动手。看她这个样子，冷云忽然想起自己的娘来，要是娘看她挺着一个大肚子也是不会叫她动手的，可是娘现在怎么样了？

过了两天，屯子里的伪甲长来查户口，问她是什么人。朴大爷说是他们的儿媳妇，前天来的，到乡下来生孩子。伪甲长突然改用朝鲜话问冷云从什么地方来的，朴大爷一愣，冷云却没慌乱，用朝鲜话说，从延边来的。又问她的丈夫叫什么、干什么的，冷云都一一对答了。

原来冷云跟周维仁学过点儿朝鲜话，没想到现在用上了。

伪甲长听到她流利的答话，尴尬地笑了笑，接过朴大爷递过来的一支旱烟，说："都是日本人让盯着点儿来屯子里的外来人，别见怪啊！"他又看了看冷云挺着的大肚子，就走了。

他走后，朴大爷问她从哪里学的朝鲜语，冷云说是跟丈夫学的。老两口一听冷云的丈夫也是朝鲜族，待冷云更亲了。

天气一天一天转暖和了，朴大爷开始在自家的菜园子里侍弄起菜来。朴大娘也跟着在园子里忙活。冷云想帮他们在地里一起干活，可他俩说什么也不让，还说在外面干活屯子里人多眼杂怕出事。冷云听了只得作罢。

这天晚上，她想帮朴大娘淘米做饭，刚刚在水缸前弯下腰舀水，忽觉肚子一阵疼痛，手里的水瓢就"当啷"掉到了地上。

听到动静，朴大娘慌慌张张跑进来，一边喊老头子烧水，一边把冷云扶到里屋炕上躺下，关紧了房门。

朴大爷蹲在外屋灶坑前，急得直搓手。半晌，随着"哇——"的一声啼哭，他才松下一口气来，只听朴大娘在里屋说："多俊的一个娃妮子啊。"

冷云生孩子的第三天，老金来了，他看了看襁褓中的孩子，然后从兜里掏出两封信递给冷云。一封是周维仁的，一封是杨贵珍、胡秀芝、王惠民她们写来的。冷云展开周维仁的信看了起来。

冷云：

我亲爱的妻子，你还好吗？自从山上一别有三个月了，我每天都在想念你和你肚子里的孩子。可是一直没有你的音信，我随军部三五天就要转移一个地方。前天碰到从一师回到军部的老金，才从他的口中打听到了你的消息，说组织上已把你转移到依兰县土城子一带一个老乡家去了，说你那里很安全，我这才放心了。你生了吗？你知道我是多么想见到你啊，想在这时候守在你身边，可是部队明天又要开拔了，现在山上战斗形势非常严峻，每天都有仗打，只好托老金把这封信带给你。

冷云，我不在你身边，你要好好照顾自己，还有我们的孩子。不管你生的是男孩子还是女儿，我都喜欢，我都希望将来把他培养成一名革命战士，让孩子像我们一样热爱自己的祖国、保护自己的祖国。如果战争胜利了，要告诉孩子，他们的爸爸妈妈在这白山黑水战斗过，让他以我们为荣。

冷云，不知道明天会到什么地方去，如果过一段战斗不紧张了，我一定去看你，你要好好保重。替我谢谢房东阿妈妮照顾你。

周维仁匆匆于西北楞晚

冷云微笑着看了看熟睡的女儿，她还等着丈夫给她起名儿呢。她又展开另一封信来看。

冷指导员、冷大姐：

我们用你教会的字来给你写这封信哩，我们有许多话要跟你说。自从你走后，我们就店（惦）记着你。盼望你顺顺利利把孩子生下来。你知道吗，我还和王惠民打者（赌）来着，我说你一定会生个小子，她说你会生个丫头，她还要认这个小妹妹呢，吵着你抱回来她给你带着。

自从你走后，我们天天分（掰）着指头数着日子，盼着你出了月子早点儿归队。没有你在团里给我们上课，我们就好像少了点儿啥。

还告诉你一个好消息，胡秀芝上回战斗立工（功）了，已被选上当班长了，菊花也学会打枪了。我们前一阵在村子里遇见山上转移的部队，不过没见到周大哥，我家那位倒是见到了，他还要俺向你学习，革命生产两不误。开始俺还没听冬（懂），说俺没误啊，老乡家里的地俺天天帮着去种……他就指指俺肚子，俺就明白了，真是羞死人啦，你一定笑话俺吧。不和你说了，大家都盼你早日归队。

想念你的战友：杨贵珍、王惠民、胡秀芝

看着纸上歪歪扭扭的字，她们一个一个笑嘻嘻的面孔就浮现在冷云眼前，冷云扑哧一声笑了出来。

老金蹲在外屋地上和朴大爷在吸烟，看她看完信，问她有没有什么事。她伏身在炕沿上写了两封信叫老金带回去。老金拿上信起身就走了。

38

老金这一走就走了好长时间，朴大爷家地里的韭菜花、油菜花都开过了，蝴蝶飞满了园子，老金还没有来。冷云心里不免暗暗着急。山里情况怎么样了？妇女团又转移到哪里去了？这个小屯听不到外面的任何消息，屯子里人很少走出去，外面人也很少进来。

这样的等待是揪心的。朴大娘看出她的焦急来，就安慰她说："闺女，你就安心在这里住些日子吧，孩子还小你身子虚，到时老金会来找你的。"她感激地冲朴大娘笑了笑，说："给您添麻烦了。"

这天午后，她正在院子里缝衣服，忽然看见老金从山边的白桦林里走下来了，她心里一抖，针一下刺破了手指。她站起身来呆呆地望着，那条趴在她身边的大黄狗先迎了出去。

老金急匆匆走进院子来。

"老金，你来接我的吗？"

老金点点头，并没有去看她的脸。

"我们什么时候走？"

"晚上。"老金擦着汗，进屋舀了一瓢水咕嘟咕嘟地喝了。

冷云激动地进屋收拾东西，她把自己的书和衣服装在那个黄猪皮手提箱里，又把孩子的衣服装在一个包裹里。

老金不知什么时候站在了她的身后，说："孩子的衣服不用收拾啦。"她回过头来怔怔地望着老金。

"这是组织的决定，孩子就托付给朴大娘抚养。部队马上就要西征了，长途奔袭，行军打仗你带不了孩子的。"

冷云的心里像被什么东西剜了一下，可她还是理智地点点头，

167

俯下身子去抱孩子。孩子醒了，正瞪着亮晶晶的黑眼睛望着她。她亲了亲孩子的脸蛋，又问道："孩子她爸还好吧，他说要给孩子取个什么名字了吗?"

老金没吭声，默默地走出了屋子。

晚上朴大娘包了韭菜馅饺子要为冷云、老金送行。

吃饭时老金一直低着头不说话，吃完就下了炕到外边去了。在院子里吸了一袋烟，看冷云奶完孩子出来，老金抬起头来说："走，我们去那边说几句话。"他一指院外的桦树林子，然后独自起身走了。

冷云跟了过去，林子里暗暗的，那个身影停下了，并没有回头。

"冷指导员，我要告诉你一件事，周秘书他、他牺牲了……"

听了老金的话，冷云如五雷轰顶，她身体晃了晃，手扶着树枝倚在一棵白桦树身上。"怎么会……怎么会这样呢……"她喃喃自语。

老金从衣兜里抽出一条红围脖来，这条红围脖正是过年时她织给丈夫的。老金又从兜里拿出一只口琴来，那是丈夫常常带在身上的。看到这两样东西，她就什么都明白了。

老金看了看她，沉重地说："听说是在一次转移中，遭遇到了敌人，他为了掩护柴军长，和另一名警卫员把敌人引到了悬崖边，打光了枪里最后一颗子弹，就一起跳下悬崖了。"老金把一片白桦树皮交给了冷云，冷云颤抖着接过来，那张白桦树皮上一行行模糊的字迹映入她的眼帘。老金打开了手电筒，那熟悉的笔体一下子让她泪流满面。

亲爱的妻子：

　　当你看到这张白桦树皮的信时，我已经牺牲了。几天来我随军部一直冲突在敌人的包围圈中，几乎每天都在战斗，我也做好了随时牺牲的准备。你不要悲伤不要难过，其实从和你上山参加抗联那一天起，我就准备好了这一天。为了打败日本军国主义，为了我们民族的解放，为了我们可爱的祖国，总会有人牺牲的，为此我死而无憾。

金参谋说你生了个女儿，可惜我来不及看上我们的女儿一眼了。她一定像你一样漂亮吧？你叫我给她取个名字，我想好了，就叫她光复吧。她一定会看到祖国光复那一天的。你要好好把她哺育成人，等她长大时，你要告诉她，她的爸爸是为了祖国解放而牺牲的。

没有什么东西留给女儿，就把那条红围巾和我的这只口琴留给女儿做个纪念吧。让她记住她有一个布尔什维克的爸爸，也是坚强的朝鲜民族战士。我还记得你说过的那句话：待到重逢日，祖国换新颜。到那时我也会含笑九泉的。

永别了，我的爱人！永别了，我亲爱的女儿！

　　　　　　　　　　　　　爱你们的维仁绝笔

冷云看完已泣不成声了，她不知道自己是怎么从树林里走回来的，回到屋里她又抱起了孩子，把脸紧紧地贴在孩子嫩嫩的脸上。

朴大娘走了进来："闺女，你要哭就哭出来吧……"老人已经什么都知道了。

冷云转过身，把孩子交给了朴大娘，说："阿妈妮，孩子麻烦您了，等胜利后我再来领她。"

"闺女，你放心去吧，孩子我一定给你带好。"

冷云又把那条红围脖和口琴放到孩子的小被上，说："这是她父亲给她留下的，等孩子懂事了，您要告诉她她父亲是打鬼子牺牲的。还有，她的名字就叫周光复吧，这是她父亲给她起的。"朴大娘点点头。

冷云随后跟老金走出了朴大爷家的院子。

朴大娘抱着孩子，和朴大爷一起送他们走出大门外，那条黄狗还把他们送到了白桦林子里……

到了林子里，冷云回过头来，看见朴大娘还抱着孩子站在门口朝他们望着，直到夜幕完全笼罩了他们远去的身影，看不见了。

"再见了……阿妈妮，再见了女儿。"冷云在心里默默说道，心如刀绞。

第 四 章

39

在路上，老金才告诉冷云抗联二路军面临的形势有多么严峻。"七七事变"日军侵华战争全面爆发以来，为了腾出手来进攻关内，以植田谦吉为司令的日本关东军制订了"三江合围计划"，自春天起，增调了日本关东军第四师，伪军混成的第十六旅、二十三旅、二十七旅、二十八旅和靖安军四个团再加特务队、汉奸警察队约有七八万之众，对抗联进行梳篦式合围大扫荡。几个月下来，山上的部队损失惨重，为保存队伍，跳出敌人的包围圈，老金临来之前，吉东省委和二路军指挥部已在莲花泡密营召开紧急会议，决定四军、五军迅速从宝清向刁翎集结，向五常和舒兰一带西征，争取与一路军杨靖宇部会师，开辟新的根据地。但前有敌机侦察后有敌人围追，能不能走出这一千多里的深山老林，还很难预料。听了老金的话，冷云为部队前途命运担忧起来。战斗的残酷和革命的历练已经让她从一个进步的知识女性，成长为一名坚强的革命战士。她要尽快地赶回部队，为了丈夫未竟的事业，为了襁褓中的女儿，为了自己的祖国，她不禁加快了脚步，她知道，她是没有时间悲伤的啊！

老金和冷云化装成父女俩，一路上为躲避敌人的盘查，大路不敢走只挑小路走，白天不敢走只挑晚上走。走了两天三夜，终于在第四天傍晚赶到了莲花泡一带西征部队的集结地。妇女团驻扎在一个叫老山沟的伐木场里，老金把她带到这儿就匆匆走了。

大家一见到冷云，纷纷围了过来。她们已经知道了周维仁牺牲的消息，都过来安慰她。王惠民更是一见面就抱着她哭起来。几个月不见，许多人瘦了许多，脸上也是菜黄色，看来大家在山里这段日子挺艰苦，不少人还穿着掏空棉花的冬军装。

晚饭时，刚吃了一个野菜团子，王玉环就过来了，她说："你回来得正好，部队明天就出发了，你好好睡一觉吧。"王玉环把她安排在一个长着蒿草没有窗框的空房子里，和她住一个屋的竟是安顺福。她忙问："被服厂呢？你怎么到妇女团了？"安顺福就告诉她被服厂叫鬼子发现放火烧了。"那医院呢？"冷云又问。安顺福说医院也转移了。冷云想起了那个文质彬彬的赵军医官，不禁叹了口气，不知道他现在怎么样了。

第二天天一亮，西征部队就要出发了，两千人的队伍集合在军部木刻楞房前的一片荒草地里，听柴军长对各部队做部署，接着又由五军政治部主任做战前动员讲话。

这个戴眼镜梳分头的首长一站到桦木墩上，冷云就认出他来了，他不是去年秋天她和周维仁刚上山时见过的那个省委领导宋一夫吗？王玉环悄悄告诉她，由于形势所迫，吉东省委领导也都分散到各部队随军一起行动了。

他在前边激昂地讲着："同志们，布尔什维克的兄弟姐妹们，我们的中央红军在两年前已在南方取得了二万五千里长征的伟大胜利，今天我们也一定能取得西征的胜利，不管这有多么艰难，只要我们抱定共产主义必胜的信念，一定能把东洋鬼子赶出中国去！"黑压压的人群里爆发出一阵掌声，冷云也鼓起掌来。

有人朝她这边走过来，是柴军长、胡大姐和老金。柴军长走过来握住她的手，沉痛地说："冷云同志，周维仁同志牺牲得很勇敢，他是为掩护部队牺牲的，你要化悲痛为力量。有什么困难你跟我说，你身体还弱，我叫老金给你牵一匹马骑。"冷云就说："谢谢首长，我不用。"

胡贞一也过来拉住她的手问了问孩子的情况，随后又对冷云说："一周前我随军部从宝清过来时，从江北三路军过来的三支队里有一个人向我打听你……"

冷云忙问那个人是谁，胡贞一说他叫白长岭。

"表哥！"冷云脱口而出，心跳也快了起来，又急着问，"他现在在哪儿？"

胡贞一说："后来他们三支队又过江随三路军向小兴安岭西部转移了。"

不管怎样，听到表哥的消息还是叫她很兴奋。听胡大姐说，白长岭已是三支队政委了，看来他在部队进步很快。分别了这么久，发生了这么多的事儿，此时此刻她多想见表哥一面，把自己内心攒的好多话向他好好倾诉一番啊！从小到大她觉得最了解她的人是表哥，表哥一直是她的榜样啊！

部队陆陆续续出发了，走在前边的是五军一师关书范师长率领的三百余人的先遣队，接下来是由四军军长李延平、五军政治部主任宋一夫率领的四军一师和五军二师，中部部队是由五军军长柴世荣和四军副军长王光宇率领的四军二师和五军教导团、妇女团，殿后部队是由王荫武率领的救世军和九军部分部队。为了防止敌人飞机在空中侦察到，各部队在林中穿行时保持一定距离。

早上出发时，林子里的露水还没有退去。白雾像轻纱笼罩在林间，林子里只有小鸟在婉转地鸣叫着，像是为他们送行。

从前边的晨雾里，不时传来口令："跟上，别掉队，不要出声……"走进浓密的原始森林，两千人的队伍就像盐撒进大海里一样不见了。多亏前边的部队在走过的红松树上留下记号，才使后边的部队没有掉队、迷路。

第一天大家走得都很兴奋，等到第二天、第三天行进的速度就渐渐慢了下来。再加上听到深山密林上空有敌机的嗡嗡声，拉了四里多长的队伍就边走边各自隐蔽了起来。

第四天晌午，天气燥热，队伍来到一片茂密的红松林里，前边传来"休息，野炊"的命令。浑身被汗水湿透的妇女团战士刚刚在山上休息了一会儿，就听王队长说："山根下好像有一条小溪，你们赶紧打水回来做饭吧。"大家听了挺高兴，冷云就招呼几个姐妹下去了。

走下山坡来，才看到下面是一片杂树林，有白桦、柞树、水曲柳、黄楸子树，各种形状的树叶织起了一张密密的网，拨开这浓密的树叶网，果然看见一条一米多宽的小溪在静静地流淌。阳光亮亮地照在上面，闪闪发光。

战士们高兴地跑过去，趴在水边咕嘟咕嘟喝起来，喝完又把行军水壶、钢盔灌满了。这时，不知谁带的头，姑娘们脱掉了衣服，下到水里去了，树枝密密遮去了她们的身子。"凉快，嘿，真凉快！"姑娘们欢呼着，惊叫着，半蹲在水里洗起澡来。

往山顶上走时，她们好像换了群人似的，个个精神焕发。走过东倒西歪躺在树下休息的王荫武部队时，他们都坐了起来，盯着她们的身影看。

吃过晌午饭，大家把地上的火踹灭，又开拔了。洗了澡，又走在这遮天蔽日的老林子里，大家觉得凉快了许多，只是不时从树上掉下来的毛毛虫让她们一个个心惊胆战。

到了晚上，蚊子又包围了她们，虽然躲进了用毛毯和雨布支起的简易帐篷里，可第二天早上起来，脸上、身上还是都被叮肿了。更叫人害怕的是，王荫武团的一个士兵，被钻进窝棚里的一条毒蛇咬着了，第二天全身青肿地死去了。发生了这样的事，上面就叫夜里睡觉时，除了留岗哨，还在帐篷里留一个人守夜，看有没有蛇钻进来，以保证大家睡觉时的安全。

在深山老林里行军异常沉闷，听说走了几日还没有走出刁翎的地界呢，大家更是垂头丧气。不过，这天天亮，听前边的部队传来消息说，先头部队昨夜下山去打了三道通镇，消灭了不少镇上的鬼子伪军，还缴获了不少战利品，特别是日本罐头给大家解了几日不沾荤腥的馋。大家都很振奋，忘记了脚上磨出的水疱和走得酸痛的膝盖，加速行进起来。

而跟在后边的王荫武团却叽叽歪歪发起了牢骚，说什么跟在别人后边拾粪蛋还会有什么好粪？还说跟在一群娘儿们后面，真是丧气！这王荫武部队的人本来素质就差，再加上这几天整天在大山里走，队伍里早就弥漫着一种厌倦的情绪。

在走出刁翎的地界后，果然就有一个人开小差了，不过他还没跑出身后的老林子，就嘛嗒山了，转悠了一天一夜后，被一头熊给舔死在树根下，脸被舔没了。王荫武派人搜到时，只有半截身子瘫在那里被蚂蚁糊住了，吓得几个士兵回来还直吸凉气。王荫武说："看到没，谁他娘的也别想跑了，是跑不出老林子的，那个尿货就是例子。"跑是不跑了，可他们的情绪还是很低落……

进了方正地界，一天休息时，冷云吹起了笛子，王惠民唱起了歌，士兵们都围过来听。吹唱完，士兵们还拍起了巴掌。这样每到一地休息时，妇女团的战士就和这些士兵混在一起唱歌。士兵们再也不说她们妇女团没用了。这事传到了军部那里，柴军长和王荫武就到妇女团来了，说她们的做法很好，能提高士气。冷云就想，要是早点儿想到这个办法就好了。

接下来几天，冷云还编写了一支《西征歌》：

千里西征，

山路重重。

热血奔腾，

哪怕山路崎岖峥嵘。

纵兽虫饥饿交困，

虽雷雨骄阳似火，

我同志，慷慨勇往直前，

不怕牺牲。

奋斗！冲锋！

为革命，流尽血，

事业成，变为光明……

这支歌很快在各部队里传唱开来。

10

为了不叫鬼子发现，这支两千余人的部队专挑没人走过的老林子走，没有路，前边开路的战士就用刺刀来斩断扎人的荆棘和缠脚的刺滚藤。又走了一个多月，部队还像是在原地晃悠，走在这暗无天日的深山老林子里，像总也走不出去似的。

出发时带的粮食渐渐吃光了，连首长也跟着挖野菜吃。可野菜吃多了并不长力气，还让人身上浮肿，没办法，军长就命令杀骑兵营里的马吃。马渐渐杀光了，骑兵营就变成了步兵营。

更可怕的是，队伍里有人染上了痢疾，精瘦的身子直冒虚汗，走着走着就突然身子一歪，倒下了。后边的人就把倒下咽气的人埋了。这种饥饿、疾病造成的减员每天都在增加。

妇女团走过去时看到前边树林里留下的坟包越来越多，而且许多木牌上都没有名字，只写着抗联战士。王惠民和郭菊花看到就掉泪了。她们走过去，采一把野花放在上面。

这天，军部派出去侦察的人回来报告，他们已穿过苇河境内了。据碰到的猎人讲，前边正北的方向是珠河境内，离这里三十里开外有个楼山镇，是日本人一个重要的木材集散地，有个日本木材守备队，还有一个伪满森林警察中队和一个白俄铁路守备中队。镇上的住户多是伐木工人和商户。

听到这个消息，临时西征军指挥部决定打，打了可以给部队补充给养，也可以直接从楼山镇穿过去，不必在山林里绕着走了。

一听说打楼山镇，王荫武就嗷嗷叫着找到指挥部来，说上回没捞着打三道通，这回该让他们部队打了吧。柴世荣正想找他去，因为听回来侦察的同志说，在前边的山里看到不少伐木工人住的工棚，柴军长是想让他们的人也混进伐木工里跟着下山进城。而王荫武队伍的士兵正是些伐木工人出身。他们进去后，他再带五军的两个师冲进去，让四军军长李延平带人埋伏在城外的山上掩护，防止敌人增援部队，因为这里离哈尔滨比较近了，敌人坐火车两三个小时就可以到达。

傍晚，王荫武的人就和山上的伐木工人混熟了，化装混在他们中进城了。战斗是天刚亮时打响的。王荫武的人摸掉了四个城楼上的岗哨，五军的两个师就冲了进来。一个师和王荫武的部队去攻打日本守备队，另一个师去攻打伪满森林警察大队，随后进来的五军教导团和妇女团去了车站对付白俄铁路守备中队。

人们还在睡梦中，镇上的枪声就响成了一片。镇上的人都被枪声惊醒了，不知是哪来的兵从天而降。这一阵子镇上的日伪军一直在宣传，说抗联已被消灭了，再也不会有马胡子和日本人作对了。

镇上的三股敌人，白俄中队的战斗力是最弱的。他们本来是中东铁路建成后俄国人的护路队，日本人侵占了北满后就把他们给收编了。别看他们长得人高马大，可一听到枪声就吓得要死，屋里睡觉的还没明白咋回事，就穿着裤衩往床底下钻。门口站岗的哨兵正在打盹就被缴了械，睁眼见一群人影进了院子，就吓慌了，"哇啦哇啦"地喊着饶命。

王队长叫他把岗楼营房里的人喊出来投降，他没听懂，冷云就用日本话又说了一遍，他听懂了。走进炮楼里，不一会儿，里边挑着白旗出来几个光着毛烘烘的身子、穿着大裤衩子的老毛子。

女兵一见就背过脸去，冷云叫他们把衣服穿上再出来。几个人就回去了，半天没有出来，冷云她们正纳闷时，岗楼上响起了枪声。原来是进去的老毛子告诉他们中队长说，外边都是女兵（教导团去支援一师去了），就打算抵抗起来。

枪声"砰砰啪啪"地响着，王队长有些着急，要往里硬冲，这时一颗子弹击中了她的胳膊。冷云拉住了她，把她摁在身下，又叫人捆手榴弹。捆好了两捆后，她和杨贵珍一人一捆，利用炮楼底下的死角，接近门边，然后把两捆手榴弹同时往炮楼里扔去，"轰——轰——"两声爆炸，里边没声了。

过了一会儿，从炸塌的门洞里伸出白旗来，白俄中队官兵灰头土脸走了出来，嘴里哇啦哇啦叫着。那个中队长出来时，突然从他身后蹦出一个日本人来，他刚要向冷云开枪，就被飞来的一颗子弹射中了胸膛。冷云回头见是一师的李团长带人冲进站台来了，他们是奉命来炸铁道的。李团长冲冷云说："你们的任务完成了，把他们带走吧。"

天大亮，战斗结束了。打扫完战场，王荫武部队在镇中心集合起来。王荫武站在一家商铺门前的高台上，向围聚过来的群众进行抗日宣传："乡亲们，我们是抗日救世军，是专门来打鬼子的……"那边冷云带着妇女团的战士，正在往街面各店铺门脸上张贴抗日宣传标语。忙活到中午时，在外围担任掩护的人来报：哈尔滨和方正方向有鬼子的增援部队正往楼山镇赶来。柴军长就命令城里部队往山上撤，王荫武的部队就用缴获来的马驮着粮食和战利品撤出了镇子。

撤到山上后，柴军长召集了各路师以上领导的临时会议。根据山下过来的内线报告，敌人已察觉他们西去的意图，正在往五常方向增兵。另外，周保中带领的二路军后续部队还在喀上喀一带，由于敌人封锁已改变原来的跟进计划了。根据这一突变情况，会上就有人主张部队掉头回去找指挥部去，以宋一夫为首的省委地方来的同志仍坚持走下去，他们怀着侥幸的心理希望突破前方敌人的封锁插到舒兰方向去。最后会议决定兵分两路，一路由四军军长李延平、五军政治部主任宋一夫带着四军一师、二师和五军一师、二师部分人马继续向五常进发，柴军长带着五军教导团、一师二团及王荫武部返回刁翎、喀上喀后方基地去。

分别在即，大家依依惜别。妇女团剩下的三十人由指导员冷云带着随五军一师关师长行动，王玉环胳膊负了伤，随军部返回喀上喀去了。两个人紧紧拥抱在一起，冷云说："王队长，不知此地一别，我们还会不会再见面，真不想与你分开。""冷指导员，姐妹们就交给你了，我等着你们西征胜利的好消息。"

179

那边，柴世荣也正在向关书范师长交代："如果五常走不出去，你就把部队带回来，我希望你把这些女兵给我保护好！"又把山里通老金留给了一师。

"是，军长，你就放心吧，我一定把她们带回来。"关师长说。

天黑下来，部队就借着夜幕分头出发了，大家心头都有些沉重。

41

这支九百人的西征部队接下来的行军更加艰难了。往五常方向去，他们又钻进了荒无人烟的老林子里，这一带山区是老爷岭的余脉，山虽然没有方正、苇河一带的山高，林子也没有那么密，可山路十分难走。穿山岗时，葡萄秧子、狗枣子秧直缠腿，树枝荆条刮得战士脸上、身上一道道红痕。

过闹瞎子塘时，大家的脚像粘在塔头草塘里迈不开步，看着是一片开满各种野花的草甸子，一名女战士正要去采边上的一枝野百合花，脚下突然"咕嘟咕嘟"冒出一串气泡，身子转眼就往下陷，冷云和战友还没来得及去拉她，人就不见了，看得她们目瞪口呆。

"跟着前边人的脚步走！"前边传来了威严的口令声。

走出不远，又看到一匹马陷在沼泽里挣扎。那马陷进去大半个身子了，看来是前边部队经过时陷进去的，马头还在有气无力地向上扬着，那两只鼓出来的马眼红红的，流出了血水。

一只山鹰在上空盘旋着，在等待着它咽气。

这样走了许多天后，敌人的侦察机在山里发现了他们的行踪，接着地面部队就搜进山林里来。为了白天不再被敌人飞机侦察到，前边部队传来命令，要部队白天在密林中休息，晚上再赶路。

有一天早上，部队刚准备在山顶上一片林子里休息，忽听派出去的尖兵报告，在他们后面不远发现了敌人的部队。走了一夜没休息的战士，赶紧接着走。为了甩掉敌人，他们绕着山根底下走，跑了一天，实在跑不动了，又饿又困，天又黑了，跑出山脚下的林子时发现一个靠山屯，有六七十户人家，部队就决定进屯到老百姓家里借住一宿，第二天拂晓再穿林上山去躲避……摸进村时已快半夜了。

这个屯叫五河林屯，保董赵保义一听说下来的是抗联部队很惊讶，一边安排屯子里的村民给部队做饭吃，一边安排战士到各家借宿。吃过饭，战士们刚刚睡下，就听村外响起了枪声，接着有哨兵来报，村子四周发现了敌人。原来是那个保董赵保义偷偷派人溜出去，密报了搜山的日伪军。赵保义还把他的自卫团拉出去把守住了村头山口。日伪军秘密地包围上来了，并且抢占了村外四周的山顶。

李延平军长见此情况，当即命令各部分头突围，在天亮前一定要出去，并约定突围出去后，在凤凰山的木台岭会合。

屯子里顿时枪声大作，他们分三个方向向外突围：李延平带着四军一师、二师迎击西面过来的鬼子的一个团；宋一夫带五军二师迎击南面的伪军一个团；关书范带着一师一团和妇女团从村北向外突围，遭遇到了赵保义自卫团的截击。

一团和妇女团一边打一边齐声高喊："中国人不打中国人！""一致抗日，枪口对外！"听了这些口号，守在北面村口山头上的自卫团的枪声稀落下来，有的还故意朝天上开枪。关书范趁机带人朝北面山里撤去……

两天后，他们撤到凤凰山的木台岭时，李延平军长带的部队和宋一夫带的部队还没有到。回想当天夜里他们撤出时，听到西边和东边的枪声响得非常激烈，不由得为他们担忧起来。

又过了三天，大家正等得焦急时，李延平带的人到了。一问才知道他们那夜虽突围出来，又遭遇上了小股敌人，损失惨重，两个师加起来剩了不足三百人。李军长腿也受伤了，缠着绷带挂着一根柞木棍，被人搀扶着走上山来。

又过了一天，宋一夫也带人回来了，他们遭遇的情况和李军长差不多，带回来的只有七八十人，很多人都挂着彩。现在加上关师长他们的二百人，整个队伍不到五百人了。

当晚他们召开了临时会议，确定了下一步行军路线，准备明天向西南舒兰方向行进。会上宋一夫对五河林屯部队遭受的损失做了检讨，当时正是他主张进村入住到老百姓家的。他也没想到那个保董会出卖他们。

第二天风和日丽，为了减小目标，李军长带着三百多人在前边走，关师长带着一百多人和女兵在后边走，前后有五里远的距离。上午刚刚在老林子里走了一阵，忽听到林子上空飞机嗡嗡作响，就想起这几日敌机常在山头上轰炸，有人慌张地往山坡下树后跑。

关师长见了，喊了一声："不要怕，是敌人侦察机。"大家这才发觉果然没听到轰炸声，可过了一会儿，有人从树枝上捡到了花花绿绿的传单，上面写着：

抗联的兄弟姐妹们：

　　你们走不出去大日本皇军的包围圈了，快下山投降吧，前边后边都有皇军的部队在等着你们。即使你们逃出我们的包围圈到舒兰与杨靖宇部会合，我们要告诉你们的是，杨靖宇部已被我们大日本皇军灭了。下山投降才是你们的唯一出路。皇军是优待主动投降者的。

　　　　　　　　　　昭和三十八年八月二十日

冷云看了说道："姐妹们，不要听鬼子胡说八道，这是敌人的攻心术，我们决不投降。"

"对，这是敌人在造谣，杨靖宇的部队还在南满坚持战斗。"关师长说。

冷云又对关师长说："关师长，敌人在搞攻心宣传，我们也要给我们的士兵鼓舞一下士气。"

关师长这个早年当过学生运动领袖的书生师长，也意识到眼下鼓舞士气的重要性，他也知道冷云就是写《西征歌》的那个女指导员，就对她说："好啊，那你们下到连队去给战士们做些宣传吧。"昨天夜里四军里已有人开小差逃跑了。

于是，冷云就带人分别下到连队去，胡秀芝和黄桂清等几名女战士用自己为什么投奔抗联的亲身经历给战士们鼓劲儿。有的战士听了就掉了泪，表示就是死也不下山向日本人投降。

大家又在林子里穿行了两天，不断接到先头部队与敌人接上火的报告，疲惫至极的队伍不得不临时改变了行进的路线。这时伤亡和开小差的士兵越来越多了。

这天傍晚，他们刚在一片白桦树林子里坐下休息，忽然看到李军长的副官赶了来，告诉了一个令他们十分震惊的消息：中午休息时，五军政治部主任宋一夫和一名团副官，借口去外围查岗哨，携带他们剩下的全部军费二百块银圆下山去了。

他来转达李军长的指示，说宋一夫下山有可能投敌叛变，敌人的大部队很快就会找上山来，李军长要他们一师今晚向东南方向突围，突围后向刁翎一带转移去找五军军部。他们则向东北方向突围，看看能不能到一面坡一带找珠河游击队去。事不宜迟，要他们马上行动。说完他就骑马匆匆返回去了。

听了这个突如其来的消息，大家都惊呆了。特别是冷云，这就是那个一年前见到的让自己无比敬佩的人吗？这就是出发前还慷慨激昂做动员的政治部主任？他难道真的投敌去当了可耻的叛徒？她简直不能相信自己的耳朵。

关师长命令把不必要的东西统统扔掉，突围时让李团长带人在前开路，妇女团在中间，他带人殿后。下山时一律不许说话，因为最近的敌人可能离他们不足百米，稍有动静就能被发现。

一行人就借着夜色，悄悄往东南方向奔去了。

这夜从五常西南面山林奔袭下来，一路和小股敌人遭遇了几次，李团长带人边打边掩护关师长和妇女团的战士往密林里奔。由于天黑林密，敌人不敢贸然追击，让敌人更纳闷的是，这支被他们追击了一个多月的抗联部队应该是往西南舒兰方向去的，怎么向东南密林中来了？趁敌人一头雾水时，他们一路马不停蹄地在林子里穿行。而且他们夜突下山来，东北方向也传来了激烈的枪声，他们想这一定是李军长带部队突围时与敌人交上火了。这两个不同方向响起的枪声更是搞得敌人有点儿发蒙。

经过一夜的突围，他们冲出了五常冲河沟，冲出了敌人搜山部队的包围圈。开始他们还能听到东北方向传来的稀稀落落的枪声，后来就渐渐听不到了。在一个树林子做短暂休息时，关师长让人清点一下人数和装备，部队只剩下一百一十人了，妇女团也只有十三人了。武器只有两挺轻机枪和一些长枪短枪了，子弹很少，干粮袋里的粮食早已没了。

走到苇河境内时，关师长突然决定改变行军路线，从大海林向西南穿过横道河子顺着牡丹江往下游走，再往喀上喀方向去。这样绕路走会安全些。

就在这时，他们从敌人撒在山里的传单中得知，四军剩下的部队在突围时已全军覆没，李军长和二师林师长也壮烈牺牲了。敌人还把李军长被打死的照片印在了传单上，大家看到了心情十分沉重。

穿越大海林山里时，一路上没有粮食吃，他们就吃山野菜、山蘑菇、山葡萄充饥，有时还扒树皮吃。天黑不敢生火驱蚊虫，也不敢烧开水给伤病员洗伤口，就等天亮了再烧火。大家的衣服都被刮得破烂不堪，身体也十分虚弱。

关师长看大家饿得面黄肌瘦，就叫警卫员把他的马杀了给大家吃。

终于走出了大海林荒无人迹的原始森林，傍晚过横道河子铁道时，天上下起雨来，一个巡道工发现了他们，报告给了驻守车站的日伪军，随后有一小队日本兵和一个白俄中队追了上来，他们边打边往山上撤。日本小队长以为他们是山上下来的胡子，看雨下得太大，追了半道就停了下来。

这一仗，他们又牺牲了十六名同志，其中有五名女同志。他们冒雨在树下挖坑把牺牲同志的尸体埋了，又连夜抄山路奔大海林后沟去了。这时妇女团只有八人了。

"为什么总是中国人在给他们当密探？"走在树林子里，李团长气愤地说。

冷云看了看他，这个山东汉子一脸铁青。每次战斗他总是带头冲在最前面，在楼山镇他曾救过她，冷云一直对他很有好感。

"冷指导员，听说你在家时是教书先生？"

"是的。"冷云回答。

"俺最佩服的就是教书先生了，可俺不主张女人来打仗，打仗是男人的事情。别让小鬼子看咱中国没男人了……"说着，就扛着机枪大踏步地向前走去了。

队伍又在山里走了十多天，从大海林后沟走到柴河北佛塔时，已过八月节了。连续几天降雨，没有东西可吃，大家饿得身体直打晃。

这日晌午，天突然放晴了，大家从老林子里走出来，走到一个山林中的毛毛道上，想把身上湿漉漉的破衣服晒干。

走着走着，大家忽然看见一辆进山来拉木头的牛车，车上坐着一个老头儿和一个半大的孩子。两人一见道边突然钻出来一群衣衫褴褛、面黄肌瘦的人，吓得腿肚子直哆嗦，那老头儿就念叨说："早上出来没烧香，这是遇到红胡子（土匪）啦。"

"这是什么地方？"老金走过去问。

"北、北佛塔。"老头儿哆哆嗦嗦地回答。大家纷纷把目光落到两头牛身上。

有人已开始动手往下卸驾辕的大牛，留下那头小牛依旧套在牛板车上。

"老乡，你们别怕，我们是打鬼子的队伍。你看我们饿得实在走不动了，想让你们到山下给我们送点儿吃的和盐来。"那个老头儿和孩子一听大惊失色，不敢点头。

老金又说："要不把你这头牛给我们留下也行，我们给你钱，不过我们现在没钱，只能打张条子给你们，等革命胜利赶走了鬼子，你们拿着这张条子找当地政府要钱，会把钱加倍付给你们的。"他俩战战兢兢点了点头。

老金就打了一张条子给他们，又说："不过，我们还能等你们一会儿，如果你们把吃的东西和盐送上来，我们就不杀牛了。"

那老头儿和孩子一听说放他们下山，赶上牛车就疯跑起来，一会儿就不见影了。

等到日头偏西，大家也没见那个老头儿和孩子上山来，就准备杀牛。那头牛似乎听懂了人们的话，抬起头望着这群衣衫破烂的人，眼里默默流出泪来。

冷云和女战士见了就说，再等等吧。有的战士就说不能再等了，再等天就黑了，说不定他们会把鬼子引来呢。老金就走过去，拍了拍牛头说："牛啊，就当你是为抗日做牺牲吧。要恨就恨鬼子吧。"牛就不流泪了。

大家吃了牛肉，身上有了劲儿，一夜奔走了八十多里山路，越过了头道河子。又走了两天，夜里赶到一个叫张木营子的地方，就在牡丹江边，这里离一个伪军森林采伐队很近。江边放着三条船，有两个伪军在看守着渡口，因为天冷，又下着小雨，两个人都喝了酒，正披着雨衣坐在那里打盹。李团长带两个人把那两个哨兵摸掉了，一行人悄悄地上了三条船，向对岸划去。到了对岸，大家提着的一颗心才放下去。

趁天没亮，他们又沿着牡丹江往下游走，冒雨走了一天一夜，就到了徐家子沟外的西山上。这里已是刁翎的地界了，再有二十里地就到了妇女团春天来过的河西屯了。他们打算从三家子村附近那个老河道口过河去喀上喀找军部。

一听说到乌斯浑河边了，大家都很兴奋，杨贵珍、郭菊花、王惠民更是兴奋不已，因为马上要路过她们的家乡了，这里有她们的亲人。家人不知道怎么样了，一晃儿，离开这里已有大半年了。他们躲在山坡林荫里等天黑下来。

187

43

　　天黑下来时，他们悄悄从西山顶上的柞木林里摸了下来，绕过三家子村，穿过一片柳树毛子来到河边。看到突然增宽的河面和湍急的打着漩涡的河水，大家一下子傻眼了。原来上游连日的秋雨让河水暴涨了，这里再往下走五六里就是乌斯浑河与牡丹江的交汇处，平常这里有一个渡河的老道口，水浅，人和马都能蹚到对岸去，最深处也就刚没过腰际。河对岸是小关门嘴子山，山坡上有抗联的秘密交通道，可现在河水冲得已找不到老道口的标识了。

　　关师长命令部队隐蔽在柳毛子丛中休息，派几个家住当地的男战士悄悄摸进村去，看看能不能搞到船只。过了两袋烟的工夫，派出去的人回来了，他们说农民家的船前几天都叫日伪军搜走了。看来敌人早有防备。他们还打听到离这儿不远的下样子村还驻有日军。怎么办？没有船无法过河，夜里河水冰冷湍急，看不清水深水浅十分危险，战士们都不会水，再加上连日的行军体力已透支。而明天白天要是过不了河，就容易被敌人发现。大家都焦急地看着关师长。

　　关师长望着这一张张连日奔波突围极度疲惫的面孔，想了想说："明天天一亮，我们就过河，妇女团先过。大家先休息一下吧，李团长安排人注意外围警戒。"随后他又把老金叫到身边，"你会泅水，这条河的渡口你又走过，你跟妇女团在一起，明早你先下去探清水的深浅，然后带妇女团过河，一定不让她们任何一个人掉队。"关师长郑重地叮嘱道。"是。"老金郑重地应道，然后就朝妇女团隐蔽的那片柳毛子丛走去了。

　　此时已是深夜了。老金先到河边去看了看河水又涨了多少，走回来时，看见柳毛丛里的战士七倒八歪地搂着枪睡着了。连续几个月的行军，大家实在太困太累了，他们身上的衣服早已破烂不堪，有的用草束着勉强遮体，有的鞋子竟前出蒜瓣后露鸭蛋了。为了驱寒，还有人拾来了干柴枝笼起了火堆。这片柳毛子丛有一人多高，方圆有几里地，人躲藏在里边外边是看不到的。

老金来到妇女团所在的这片柳毛子丛中时，她们正围坐在火堆旁，只有安顺福和胡秀芝两个人睡着了。杨贵珍和黄桂清在缝着衣服，冷云把王惠民抱在怀里，她在发烧。冷云把她两只由于严重缺乏营养而显得枯瘦的小手，掖进自己胸前给她暖和着。菊花在用一只破钢盔吊在火堆上烧水，李凤善坐在火光影里一边烤着衣服，一边低头想着什么。

老金先走到冷云面前，把明天一早让她们先过河的命令向她说了。冷云点了点头。没睡的几个人听到了都把目光向他们投来。菊花把烧好的水倒进两只木碗里，一碗端给了烧得嘴唇干裂的王惠民，一碗端给了老金："金参谋，喝点儿水暖暖身子吧。"老金说了句谢谢，接过来喝了。随后他放下碗，朝李凤善走过去，在她身边坐了下来。

"金参谋，我们明天能过去河吗？"李凤善扭着头问他。

"能，一定能。"老金看了看她的眼神，坚定地说。

这个平时能歌善舞的姑娘，此时脸上却有些忧郁。

"凤善姑娘，你在想什么？"

"我在想我的家乡，金大叔。"

听了她的话，老金不由得心里一抖。那还是三年前在林口龙爪沟的密营里，一天傍晚，下山去的王皮袄说在山边林子里救回一个饿昏的姑娘来，那姑娘醒来说的朝鲜语他们都听不懂，就把他找了去。那姑娘身上有伤痕，见到他们十分害怕。老金叫她不要怕，后来渐渐从她口中了解到，她是日本鬼子抓过来的"慰安妇"，老家是朝鲜新义州的。她和一起被抓来的姐妹被关到闷罐车里押到中国来，这一路上她都在想怎么能逃跑。火车开到林口驿（现林口县）车站转车时，她趁上厕所的机会逃跑了，下了路基一直往山上跑。她在来时听姐妹说，从这边翻过几座山再过一条江就能回到新义州老家去，可是她跑上山后不知往哪个方向跑，又不会说中国话，又不敢问路，再加上没东西吃，连饿带吓昏倒在路边的山林子里……老金知道她的身世后很同情她，在山上时常来看她，她的中国话也是老金教会的。

"凤善姑娘，等打跑了鬼子你就可以回到家乡去了……"老金安慰她。

"是啊，家里至今还不知道我的死活……多亏了王皮袄大叔和你们，不然我就死在山里了。"李凤善说到这里看了看王惠民，走过去把烤干的衣服给她披上，又对冷云说，"我来照看她一下吧，冷指导员你去歇歇。"冷云就把王惠民交给了她。

冷云走过胡秀芝的身旁，望着这张睡熟着的俊俏面孔，心想不知道她的姐姐现在情况怎么样了。

她走过安厂长和黄桂清身边时，又蹲下给她俩拉了拉湿漉漉的破衣服。此时她很想把她俩的衣服脱下来烤干，可是又不想惊醒她们，她们实在太困了。

走过火堆这边来，她看到菊花还没睡，还在往火里添着干柳枝。

"菊花，怎么还不睡呢？"

菊花说："冷指导员，俺睡不着。"

"是不是想姥姥了？"

菊花说："是，冷指导员，不知道俺姥姥现在怎么样了，离得这么近，俺却不能回去看她。"菊花的眼里有泪在转动。

一晃儿，从春天离开村子到现在，她一直没有回家看望姥姥，怎能不叫她想念呢？她还是一个只有十六岁的孩子啊！

"等我们找到军部，我再请示让你回来看看姥姥。"冷云蹲下来拍拍她的肩说。

"真的？"菊花仰起脸。

"真的，到时我和你一起去看大娘。"

"那太好啦！我走时答应过姥姥要回来看看她的。"菊花高兴地说。

"那你快睡吧，明天还要过河赶路呢。"

"嗯哪。"菊花就听话地靠在被火烤干的柳条上躺下了。

杨贵珍还就着火光在缝一件旧秋衣，冷云走过去，问道："是不是给宁团长缝的呀？"

"嗯，这还是春天离开山里时，老宁给俺留下穿的，这回见到他我要给他穿上。"杨贵珍沉浸在一种幸福的回忆里。

这一刻，冷云突然想起了自己的丈夫，心里不禁隐隐作痛。杨贵珍没注意到她的表情，还在说："这回找到军部驻地就能见到他了……"西征出发时冷云就听说宁满昌已升为团长了，此刻她多羡慕这对幸福的夫妻啊。

转过火堆来，王惠民已经醒来了，看得出她烧退下去一些了。王惠民欠起身子问："我们这是在哪里啊？"冷云说是在三家子村附近。王惠民就叨咕起来："三家子，三家子，我和娘在这个村子里住过，不知道娘她们现在躲到哪里住了，她一定还不知道爹牺牲的消息。"听她提到王皮袄，冷云和李凤善也跟着一阵难过。

沉默了一会儿，忽听王惠民说："冷大姐，我们明天能找到军部吗？"

冷云看了看她，说："能，我们一定能找到！"

惠民痴痴地望着三家子方向，说："等打跑了鬼子，我一定回来找她们。我是家里老大，爹死了，我要帮娘把妹妹们带大。"

冷云心里发酸，她攥了攥惠民枯瘦的手说："好妹妹，等打跑了鬼子，我们的日子就好过了。你还年轻，你要去学校里读书，将来建设我们美丽的国家。"

"是吗？我还能去学校读书？"

"能。"冷云望着她，坚定地点了点头。惠民才刚刚十三岁，菊花也才刚刚十六岁。等打跑了鬼子，她们都能回到学校去上学，好日子对她们来说还在后头呢。

等走回原地坐下来，冷云想起了自己的女儿，不知女儿在朴大娘那里怎么样啦。还有表哥，这回回到军部驻地去，不知还有没有机会再见到表哥他们。爹、娘、哥嫂的身影又一个一个像江水推着的浪花一样从她脑子里浮现出来……

"天快亮了，我们睡一会儿吧。"看老金又从河边走回来了，冷云对她们三个说。

"好，我们睡吧。"

火堆里的火渐渐燃熄了。

多安宁的夜啊，只有星星像个顽皮的孩子偶尔从浓黑的云彩里露出来，眨着不知疲倦的眼睛，望着河边柳毛子里这群疲惫不堪的"野人"，连星星都不忍心惊动他们，很快隐去了身影。不远处暴涨的河水在漆黑的夜幕中哗哗地向下游流淌去……

44

样子沟上屯（现跃进村）是个只有十几户人家的小屯，这天下半夜，启明星刚在东边天空晃了晃，一个人影就拉开屯西头一户人家的房门走到院子里来。

他穿衣下炕时，那个躺在热乎被窝里外号叫"豆腐西施"的胖女人还睡意蒙眬地咕哝出一句来："你这么早起来干啥呀？"并把一只白白的手臂伸过来搭在了他的脖子上。

这个脖子上有块枪疤的男人愣了愣，他也贪恋身下的热被窝，可是他还是把缠在脖子上的软乎乎的手放下了。

"死鬼，小心别在山上碰到张三（狼）。"豆腐西施意犹未尽地说了句，又睡去了。

这个脖子上有枪疤的男人刚走出门外，寒风一吹，他身子一激灵，立刻精神了。他想起头半夜喝得醉醺醺的，从样子沟下屯（现民主村）来找"豆腐西施"寻欢作乐时，竟忘了去山顶瞭望哨看一看了。这要是让乔本队长知道了非骂得他狗血喷头不可。乔本特意叮嘱他们，说头些日子在半砬子木营江边发现过抗联的踪迹，叫他们这段日子严加防范。天冷，弟兄们都不愿到瞭望哨去瞭望，常常是在头半夜就溜回热被窝去了。

他气喘吁吁地爬上山梁子，一股热尿憋得他不得不停在了一棵背风的树后，还没解完，一抬头看见了山下河套子里隐隐的火光，心下一惊，以为看花了眼，揉了揉眼，定睛看时，他眼睛就直了——以他从前在抗联的露营经验，他马上判断出柳毛子里有情况了……他裤子都没来得及提上，连滚带爬往下样子村里跑去。乔本今夜就驻扎在下样子村。

这个滚下山去的男人不是别人，正是乔本任命的特务队长葛海禄。葛海禄原是谢文东队伍里的一名副官。跟着谢文东归顺了抗联后，忍受不了山里的"苦日子"，早就想下山来向日本人投降了。和日本人接上捻子后，日本人叫他多带几个弟兄一起下山来投降，他就等待时机。直到去年，日伪军大举向山里二路军发起进攻时，有几个弟兄吃不住劲，被他劝说动了心，叫他领着下山一起向日本人

193

投降了。葛海禄带着这几个弟兄下山后，就被乔本收编到他的特务队里。他仗着这一带是他的家乡，对这一带很熟，再加上对抗联的活动规律也熟悉，给日本人提供过多次有价值的情报后，被乔本任命为特务队长。

葛海禄慌慌张张跑到下样子村，一头撞进乔本的屋里："报、报告乔本队长，河边发现了抗联……"乔本一听立刻从床上爬起来，瞪起红红的眼珠叫他再说一遍。这回葛海禄稳住神不仅说了看到的情况，还说八成五军的军部也在里边。乔本不敢怠慢，抓起电话要通了三十里外刁翎县城熊谷大佐的电话……

熊谷接到电话心中暗喜，这半年来他一直在苦苦寻找柴大胡子的五军，以报去年偷袭刁翎镇和冬天时在大盘道遭受埋伏之仇。可自从三江大围剿以来，柴大胡子的部队就从山里消失了。现在得到这样的报告，真叫他喜出望外，他马上打电话急调关井守备队、伪军赫奎武团、刁翎警察大队及黑背矿警、东岗子山林警察队共计一千余人迅速出动，并亲率骑兵队趁着夜幕悄悄向三家子方向摸来……

黎明前的河岸边静悄悄的，一切都在沉睡中。袭人的白雾笼罩在柳毛子里和河面上，白雾不知在夜里什么时候降下的，朦朦胧胧的，柳枝上挂着毛茸茸的白霜。

"砰！"一声枪响，打破了拂晓的沉寂，两只水鸟从柳毛子丛里惊飞起来。

"有情况！"老金站起身来，远远看见师部宿营的那片柳毛子里飞快跑过一个人影来，近了才看出是关师长的警卫员。"哨兵发现了敌人，师长命令你们快过河去。"说完，他又跑回去了。

"快，我们到河边去！"老金说。

大家赶紧拿起枪支和手榴弹，跟着老金向河边跑。刚刚跑了几步就听那边的柳树趟子里枪声大作，浓重的雾气让他们看不清那边来了多少敌人。

钻出柳毛子，刚刚跑到河边，只见湍急的乌斯浑河水吐着白沫儿继续在上涨，河面上的水打着旋儿滚滚向下游流去。老金已找不到昨天夜里他做了记号的渡河老道口了。

大家正焦急万分时，老金说："我先下河去探路，回来再接你们过去，你们先不要慌，敌人一时半会儿还发现不了我们。"说着，老金下去了……

河面上的白雾遮去了老金的身影。柳毛子趟子里那边的枪声更激烈了，让人揪心。此时，冷云焦虑的已不是她们是否能顺利过河去，而是关师长他们面临的危险处境。从枪声判断，敌人把师部的大队人马包围住了，而敌人并没有发现她们……

"同志们，敌人把师部包围住了，他们现在的处境很危险……"冷云说。

"那怎么办？我们能不能帮帮他们？"杨贵珍和胡秀芝同时着急地说。

"敌人还没发现我们，我想趁着雾摸到敌人后面开几枪，把敌人的火力引开，让师部突围出去，你们看行不行？"

"行，我们听你的，冷指导员，快行动吧！"大家都围拢了来。

"好，大家听我的，跟我来——别出声！"

一行八人各自抄着手里的枪和手榴弹重新钻进柳毛子里，悄悄地向枪响的方向接近。走出去四五百米，冷云挥挥手叫大家趴下，这时她看到前方一百多米远的柳树丛中，敌人影影绰绰的人影还在向那边移动。冷云就趴在杨贵珍和胡秀芝耳边，叫她俩分别带两人，和她拉开距离，移动到她左右两个方向，听她的口令一齐向敌人开火。她俩点点头悄悄移过去了。

雾影中的敌人丝毫没有察觉到她们的接近，一百米、八十米、六十米，冷云突然喊了一声"打!""啪啪——""轰——轰——"她们一齐向敌人开火，又把手榴弹投进了敌阵中。

正在分三层向师部那边包围过去的日伪军，一下子被后面突如其来的枪声打蒙了，骑在马上的熊谷腹背受敌，马上命令部队掉头。雾太大了，他也辨不清后边上来了多少抗联部队，就小心地边打边搜索过来。

师部的人趁机在前边撕开了一个口子，突围了出去，很快掉头上了柞木岗子，甩掉敌人的追击后，潜入了西山的半山腰。他们这才发觉是冷云她们从后边开火掩护他们突围出来的。

"关师长，是冷指导员她们给我们解的围，她们有可能被包围了，很危险，我请求带几个人冲回去救她们。"李团长焦急地说。

"好，你带些人冲下去，要速战速决。"

"是。"李团长带着三十人飞快地跑下去了。

打红眼了的李团长手抱着一挺机枪和三十名战士如猛虎下山，一边冲一边射击，想杀出一条血路来。然而战机已失，山下各处制高点都被日伪军占领了。他们正以凶猛的火力死死地控制着山口，李团长带着三十名勇士反复冲锋几次，伤亡在不断增加。

被围困在柳条通里的八名女战士目睹了山坡下的一切，意识到倘若李团长他们再继续增援，必将重新陷入敌人的包围圈里。于是，冷云带头对着柞木岗子密林喊道："同志们，不要管我们，冲出去!保住手中枪，抗日到底!"

山顶上的关师长也听到了她们的喊声，派人下来叫李团长快撤到山上去。

可李团长只叫其他人走，他瞪着一双血红的眼睛又抱着机枪往前冲，一边打一边喊："小鬼子，有种的冲爷爷来吧——" "嗒嗒——"一阵猛射，他胳膊和肩部中弹了，身体晃了晃要倒下，被两个战士硬拖上山去了……

45

冷冷的晨风渐渐吹去了山根边的硝烟，枪声也渐渐稀落下来。

山下的敌人被关师长他们甩掉后，气急败坏地反身向柳条通里扑来。这时天已大亮，白雾散去，当熊谷得知柳毛子里只是几个女兵在跟他们周旋时，大呼上当。他捻着一小撮山羊胡子，拉长脸沉思了一下，命令手下"统统地要捉活的"。

冷云她们边打边往河边撤，黄桂清、李凤善、郭菊花和王惠民都负伤了，她们枪里的子弹也不多了。撤到河边的一个沙坑里，她们停了下来。冷云叫安顺福和杨贵珍给负伤的四人紧急包扎一下伤口，她和胡秀芝趴在沙坑沿上朝后边射击着。敌人并不急于追过来，趁着间歇，冷云察看了一下剩下的弹药，三杆枪里只有十一发子弹和三颗手榴弹了。

日伪军猫着腰，黑压压地从柳毛丛里向她们这边慢慢包围过来。

这时她们听到敌人在喊话："抗联女兵，你们被包围了，快投降吧！""乖乖投降吧，皇军不会亏待妇女，中国花姑娘，皇军大大地优待的干活！"

此时冷云清醒地意识到，要过河很难了，眼前只有两条路，要么被敌人所俘，必受凌辱，要么战死。她望了一眼这几个被战火烧焦了头发和面孔的战友，和她们朝夕相处一年多，她真不忍心看着她们被俘。

她动了动干裂的嘴唇，咽下一口吐沫说："姐妹们，我们现在被

197

敌人包围了，现在是弹尽援绝了，咱们是共产党员、抗联战士，宁死也不做俘虏！为祖国的解放而战死，是我们最大的光荣！姐妹们，你们说是不是？"

"是，冷指导员说得对，我们是抗联战士，宁死不屈，生是咱抗联的人，死是咱抗联的鬼！"安厂长带头说。

"冷大姐，我们死也死在一起，决不让鬼子抓去……"王惠民艰难地说，她的腿被敌人打伤了，伤口还在流血。

"好！等我们打完最后的子弹，我们就下河——"冷云决绝地说。

她示意安厂长带着四个负伤的人先向河边爬去，她和杨贵珍、胡秀芝趴在那里，等打完枪里最后的子弹、扔掉手里最后的手榴弹再走。

柳毛子里半天没动静，日伪军以为她们活心了，纷纷向前移动过来。等敌人移动到四十米左右的时候，冷云突然喊了一声："打！"三人一起开火，敌人纷纷倒下了，三个人又把最后三颗手榴弹向敌人扔去——"轰！轰！轰！"三颗手榴弹爆炸了。硝烟过后，敌人慢慢抬起头来，眼前却没有了人影。

敌人追到河边，看到八名女战士互相搀扶着，手挽手义无反顾地向湍急的河中心走去，河水渐渐地没到了她们的腰际，冷风潇潇地吹着她们扬起的头发。

"回来！上岸来，皇军让你们生命有保障，钞票的大大的——"那个狗特务葛海禄站在岸边蹦着脚喊道。

"狗汉奸，去死吧！"走在最后边的胡秀芝回过头来，用枪里的最后一颗子弹射向他。"啊！"葛海禄捂着耳朵倒下了。

昂首走在没胸深的河水里的姐妹们突然唱起了《国际歌》："起来，饥寒交迫的奴隶，起来，全世界受苦的人，满腔的热血已经沸腾……这是最后的斗争，团结起来到明天，英特纳雄耐尔就一定要实现！"歌声在涛声滚滚的河面上久久回荡。

"打！统统地打！"乔本歇斯底里地号叫着，敌人的子弹疯狂地射来，冷云和姐妹们身体摇晃了几下，慢慢地倒了下去。迫击炮弹在河里炸开了巨大的浪花，之后，她们的身影都不见了。熊谷在望远镜里看着这一切，悲哀地说了一句："中国的女人这样地顽固，死了的不怕，中国的亡不了的……"

这一幕也叫一直躲在东岸林子里的老金看到了，当他游过对岸发现不见了她们的身影时，就猜出她们又去找师部了，他就没回来，一直躲在岸上。当他看到她们下河来，就想潜水过来救她们，无奈他刚在水下接近她们时，敌人的迫击炮就射来了，她们的身影不见了，他只好潜回来。

目睹了这一切，老金流下泪来，嘴里念叨着冷云和李凤善等人的名字，忍痛向小关门嘴密林深处爬去。

此后，他也与部队失去了联系。

尾　声

几天后，关书范师长带着从柞木岗子西山突围出来的五十几人，在密林里绕来绕去，终于找到了距离喀上喀约十里远的能沟五军军部。他们赶到这里时，天已经黑了，树林子里已飘起了雪花，军部木刻楞里烧着火盆。

柴军长一见外面涌进来的这些衣不遮体、胡子拉碴的人，就愣住了。过了好一会儿，关师长才走上前去，嘴唇动了动，带着哭腔说："……女兵都没了。"

柴军长听了，身子抖了抖，背过身去，好一会儿才说："你们下去休息吧。"

其他人都下去了，关师长还站在火盆前，他身上的破单衣被刮得一条一片露着肉，冷得直哆嗦。他不敢抬头看军长，好一会儿才向柴军长讲起了事情的经过，他的眼泪掉在火盆里嘶嘶响。柴军长这个身经无数次惨烈战斗的大胡子硬汉，也忍不住掉泪了……他的妻子胡贞一听了已泣不成声，嘴里念叨起她给主持过婚礼的冷云、杨贵珍的名字，念叨起当初和她一起在四军被服厂共事的安顺福的名字……她抬起头来追问着关师长："你怎么就把她们带丢了呢……"

两天后，柴军长带着五军剩余部队开到刁翎小关门嘴子山一带活动。这天早上，他命令部队："今天什么也别干了，我们沿河去搜寻她们的尸体，一定要把她们的尸体找到。"

其实在那天战斗结束后，关师长曾派人回来找过这八名战士的尸体，但他们人在山上看到，熊谷把部队撤走后，在山下河边的柳毛子里留了特务密探，看有没有抗联的人来收尸。山上的人见了，只好作罢。

柴军长带着军部的人下山后，沿着那天发生过战斗的河岸方向向下游拉网似的搜去。此时河水已冰冷刺骨，关师长带人下到河里去，柴军长带人在岸边搜。在下游二里地远岸边的柳毛子底下，他们先找到了胡秀芝、黄桂清的尸体，接着又在不远的地方找到了杨贵珍的尸体，她被闻讯赶来的丈夫宁团长紧紧搂在怀里，抱上岸来。胡贞一找到了安顺福的尸体，她紧咬着嘴唇，目光还直视着前方。胡贞一又在水边发现了一个女孩子的尸体，她被柳毛子挂住了，那正是天真活泼的王惠民。她上去把王惠民抱在了怀里，她的耳畔响起小姑娘甜美的歌声，泪水控制不住地滴落在她冰冷的脸蛋上。

冷云的遗体是在快靠近牡丹江入口处的河弯柳毛子丛下找到的。柴军长和同志们赶了去，他看到冷云紧闭着双眼，头依在柳丛下，嘴角上凝固着一丝笑意……

有两个人的遗体最终没有找到，一个是朝鲜族姑娘李凤善，一个是郭菊花。

天黑了下来，柴军长命令把找到的六具尸体埋葬在小关门嘴子山坡上，大家脱帽向她们默哀，心里默默地说："姐妹们，你们安息吧，我们上山打鬼子去了，给你们报仇……"

半个月后，抗联二路军总指挥周保中在密营驻地的山洞里听到了妇女团八人投江牺牲的消息，顿时呆住了。他的脑海里浮现出一年前见过的冷云，还有那个活泼可爱的小姑娘、王皮袄的女儿。他双手捂着脸，垂首了好久，才缓缓抬起头来。他在当天的日记中写下了这样一句话：乌斯浑河畔牡丹江左岸将来应有烈女标芳。

自从乌斯浑河边发生那场战斗以后，每年夏天，河西屯总能看到一个老太太的身影。她天天傍晚走到河边上去，嘴里在喊着一个人的乳名："菊花，你走了怎么不回来看看姥姥啊……"

每到阴历的八月十五，老太太还要亲手做一只河灯向河里放去。"菊花，你在哪旮旯呢？为什么不回来看姥姥？"听着叫人心酸。后来村子里有人告诉她，她的外孙女死了。老太太不相信，还是每天走到河边去。慢慢地，老人就哭瞎了眼睛。

东北光复以后，一天，河边骑马来了一位将军和一个排的警卫战士。将军远远地下了马走到老河道口处，驻足凝思了良久，又骑马涉水过河来到对岸山坡下那几座坟前，并将警卫员采来的几束野花放到坟头上。将军和一排警卫战士垂手肃立在坟前，集体举枪对天鸣三响，然后脱帽默哀。

乌斯浑河水在脚下呜咽着流去，举目，满山遍野的柞木叶子一片紫黄，满目紫黄的树丛叶子后面似有她们一个个熟悉的身影。将军弯腰从树下捡起三片树叶，在上面写上了"英雄冷云"，随后默默地将三片树叶交给他的警卫员夹在了文件包的日记本中……有泪轻轻地从这个长脸膛将军的眼角里流出："八年了，时间过得真快啊。"

一个白发苍苍的老太太嘴里念叨着"菊花，菊花"，从上游的河边走过来，高个子将军走上前去。

"老人家，郭菊花是你的外孙女吗？"将军上前轻轻扶住她问道。

"是啊是啊，怎么，你认识我的外孙女？"老太太仰着脸问来人。

"是的，我认识……"

"那你告诉我，村里人都说我外孙女死了，我不信，你说我外孙女死了吗?"老太太紧紧抓住将军的胳膊问。

将军沉吟了一下,仰望了一下对面的山峦和向远处流去的河水,说:"你外孙女她没死,她还活着,她还活在我们大家心里……"

老人的脸上绽出了笑容,放下了手颤颤巍巍地走了,嘴里念叨着:"我说嘛,我外孙女没死,她走了,她还会回来的……菊花,我的好孩子。"

望着蹒跚离去的老人的背影,将军慢慢地抬起手来,冲远去的老人久久地敬了个军礼。这位将军不是别人,正是时任东北民主联军副司令员、吉林军区司令员的周保中将军。

站在他身后的一排警卫战士也跟着他举起手来,笔直整齐地敬着军礼,他们的身影被暖暖的夕阳倒映在河水里。

两岸秋黄色的山夹着乌斯浑河水,吟唱着缓缓地向下游流去,流去……

图书在版编目（CIP）数据

冷云 / 王鸿达著. — 北京：中国文史出版社，
2020.2
（中国专业作家小说典藏文库·王鸿达卷）
ISBN 978 - 7 - 5205 - 1418 - 7

Ⅰ. ①冷… Ⅱ. ①王… Ⅲ. ①长篇小说 - 中国 - 当代
Ⅳ. ①I247.5

中国版本图书馆 CIP 数据核字（2019）第 230570 号

责任编辑：卢祥秋

出版发行：**中国文史出版社**
社　　址：北京市海淀区西八里庄 69 号院　邮编：100142
电　　话：010 - 81136606　81136602　81136603（发行部）
传　　真：010 - 81136655
印　　装：廊坊市海涛印刷有限公司
经　　销：全国新华书店
开　　本：720 × 1020　1/16
印　　张：13.25　　字数：160 千字
版　　次：2020 年 2 月第 1 版
印　　次：2020 年 2 月第 1 次印刷
定　　价：52.00 元